‖ 인문교양총서 45

대중서사와 타자 그리고 포비아

●

김상모 · 류동일 · 이승현 · 이원동

경북대 인문교양총서 ㊺

대중서사와 타자 그리고 포비아

초판 인쇄 2021년 2월 15일
초판 발행 2021년 2월 25일

지은이 김상모·류동일·이승현·이원동
기 획 경북대학교 인문대학
펴낸이 이대현
편 집 임애정 이태곤 권분옥 문선희 강윤경
디자인 안혜진 최선주
마케팅 박태훈 안현진

펴낸곳 도서출판 역락
주 소 서울시 서초구 동광로 46길 6-6 문창빌딩 2층
전 화 02-3409-2060(편집), 2058(마케팅)
팩 스 02-3409-2059
등 록 1999년 4월 19일 제303-2002-000014호
전자우편 youkrack@hanmail.net
역락 홈페이지 www.youkrackbooks.com
ISBN 979-11-6244-678-2 04800
      978-89-5556-896-7(세트)

* 책값은 뒤표지에 있습니다.
* 파본은 구입처에서 교환해 드립니다.

인문교양총서 045

대중서사와 타자 그리고 포비아

김상모 · 류동일 · 이승현 · 이원동 지음

역락

2100년쯤 인류가 2020년을 되돌아보면 이 해를 어떻게 기억할까. 아마도 그 이전의 견고했던 질서들이 무너지고 새로운 삶의 체계가 만들어지기 시작했던 해로 기억하지 않을까. 물론 그 핵심 키워드는 코로나 바이러스 19이다. 우선 튼튼해 보였던 미국과 유럽 등 선진국의 사회 체계가 위기에 직면했던 해로 기억될 것이다. 각국의 시민들은 생계의 위협을 느끼면서 방역에 실패한 정부의 방침에 저항하고 있지 않은가. 또한 1989년과 1991년 동유럽 사회주의의 몰락으로, 영원할 줄 알았던 미국 중심의 자본주의 체제가 결국 새로운 냉전 체제의 서막으로 이어진 해로 기억될 공산이 크다. 무역 전쟁으로 시작된 미국과 중국의 헤게모니 경쟁의 초기 국면에서 그 성패는 '누가 바이러스 백신을 효율적으로 활용할 것인가'에 달려있을 것이다.

무엇보다도 2020년은 갑자기 멈춰버린 일상을 작동시키기 위한 새로운 사회적 시스템이 실질적으로 등장했던 해로 기억될 것이다. 그동안 축적되었던 다양한 첨단 기술과 커뮤니케이션 기술, 즉 인공지능과 드론, 자율주행자동차와 무인 기계 제어 시스템, 화상 회의와 동영상 기술 등이 서로 결합해서 삶을 획기적으로 변화시키고 있다. '가급적 움직이지 않으면서 사회적 욕구를 충족시켜야 한다'는 목표 아래에서, 이 다양한 기술들은 그 이전의 인류라면 상상하지도 못했던 삶의 모습을 그려나가는 데에 길잡이가 되고 있다. 아무도 가보지 않았던 길을 걷는 인류는 첨단 과학 기술의 불빛 아래에서 조금이나마 안심과 위로를 얻고 있는지도 모르겠다.

그러나 이 거대한 역사적 변화와 과학적 기술의 발달에도 불구하고, 2020년의 위기는 훨씬 깊고도 폭넓은, 그리고 복잡한 움직임과 맞닿아 있음을 결코 잊어서는 안 된다. 예를 들어, 코로나 바이러스 19는 인간의 생태계 파괴의 산물이라는 점, 그 파괴는 산업혁명과 자본주의 체제의 오랜 발전의 결과라는 점이 그것이다. 슬프게도 그 생태계 파괴는 시리아 등 주변부 지역의 황폐화와 분쟁으로 이어졌고, 그 결과 피폐한 자기 땅에서 쫓겨난 사람들이 유럽 등의 중심부 지역으로 몰려가게 했다. 그리고 그 중심부에 사는 사람들은 삶의 뿌리가 뽑힌 사람들을 마치 바이러스처럼 여기면서 사회적 장벽을 쌓으려고 한다. 이 거대하고 복잡한 사건들의 연쇄 위에서 우리는 불안과 공포의 스토리를 발견한다. 한쪽에서는 생존 그 자체가 불가능한 사람들이 절망과 공포에 노출되어 있고, 다른 한쪽에서는 출근하고 쇼핑하는 일상이 영원히 파괴될지도 모른다는 공포와, 뿌리 뽑힌 자들이 사회적 질서를 파괴할 것이라는 불안에 사로잡혀 있다. 만약 이 불안과 공포가 통제 불가능한 상황으로 이어진다면 그 결과가 무엇인지, 우리는 수많은 역사적, 그리고 사회적 사례를 통해서 잘 알고 있다.

바로 타자들을 향한 증오와 폭력 사태가 그것이다. 그 뿌리 깊은 공포와 폭력의 이야기를 새삼 들여다봐야 하는 이유가 바로 여기에 있다.

생각해보면, 인문학은 미래의 청사진을 직접 그리지 않는다. 다만 과거를 살았던 수많은 사람들의 놀라운 성취와 어리석은 실패 속에서 인간의 본성에 대해서 성찰할 뿐이다. 타자에 대한 공포와 폭력도 그와 같은 인간 본성의 일부이다. 공포와 폭력의 인간 본성은 신화와 전설, 소설과 영화, 그리고 드라마의 풍성한 탐구 대상이다. 왜, 어떤 경로를 거쳐서 인간은 타자를 공격하는지에 대한 성찰이 그 스토리 속에 녹아들어 있다. 이 책은 바로 그와 같은 성찰을 함께 시작하자는 제언이다. 그것은 굳이 복잡한 논리와 첨단의 기술을 동원하지 않더라도, 사람이라면 대체로 이해하고 공감하는 이야기들이다. 과거와 현재, 사람들이 반복해서 직면했던 문제를 어떻게 풀어나갔는지 살핌으로써 인간이란 무엇인지 '새삼' 깨닫게 될 것이다. 이 책은 이런 취지와 의미로 쓰게 되었다.

세상의 모든 일이 그렇듯, 이 책도 여러분들의 도움 없이는 출판되지 못했을 것이다. 원고를 읽어 주신 심사 위원 선생님, 출판을 결정해 주신 편집 위원 선생님, 그리고 부족한 원고를 책으로 만들어주신 역락 사장님과 편집진에게 감사드린다. 끝으로 우리들의 책을 통해서 타자를 향한 공포와 폭력의 이야기에 기꺼이 동참해주시는 미지의 독자들에게도 감사의 인사를 드린다.

저자 일동

차례

제1장 타자와 포비아

1. 타자를 향한 공포

1) 폭력과 공포의 관계

(1) 공포, 회피와 폭력의 갈림길에서

우리는 타인들과 어울려 살아간다. 사랑과 우정을 나누면서 사람들은 즐거움과 행복을 느낀다. 타인은 사랑과 우정의 대상인 셈이다. 그러나 타인은 갈등을 폭발시키기도 하고 심지어 우리를 공격하기도 한다. 타인들이 우리를 어떤 식으로든 공격할 것이라는 불안과 공포는 웹툰 <타인은 지옥이다>라는 히트작을 낳기도 했다. 어째서 사람들은 타인들과 사랑이나 우정을 나누기보다는 타인들과 갈등하고 심지어 그들에게 폭력을 가하는 것일까? 역사상 존재했던 대다수의 인간 사회에서, 가혹한 폭력과 끔찍한 공포가 반복되었다면, 인간은 본성적으로 악마가 아닌가? 철학이나 종교, 문학이나 예술은 물론 정신분석학, 심리학, 나아가 현대의 과학들도 이 주제를 지속적으로 탐구하고 있다.

예를 들어, 최신 과학 이론 가운데 하나인 진화심리학에 따르면, 인간의 본능적 공포는 오히려 인류의 생존에 도움이 되었다고 한다. 데이비드 버스는 『진화 심리학 Evolutionary psychology』에서, 공포는 '진화 과정의 산물이고, 명백한 생존 가치를 지닌다'는 심리학자 이삭 막스의 견해를 소개했다. 즉, 위험한 상황에서나 사나운 동물들에게서 두려움을 잘 느끼는 우리 조상들이 그렇지 못한 조상들보다 생존과 번식에 유리했다는 것이다. '더 많은 자손을 낳는 자가 승리자다'는 진화론의 관점에서 볼 때, 두려움 때문에 위험한 장소에 가지 않거나 천적으로부터 빨리 도망갈 줄 아는 조상들이 살아남아서 자신의 유전자를 후손에게 남길 수 있었다. 다소 비겁해 보이기는 하지만 '회피' 전략으로 부를 수 있는 이와 같은 행동은 자연의 선택 압력에 적합했다는 것이다. 그러나 공포는 회피로만 이어지지 않고 '폭력'으로 이어지기도 한다.

이스라엘의 학자 아자 가트는 『문명과 전쟁 War in human civilization』에서, 전쟁과 폭력의 원인을 진화론적으로 해석했다. 그에 따르면 전쟁과 폭력은 수백만 년에 걸친 자연 선택의 압력에 따른 행위이다. 위협적인 상대방을 먼저 공격하거나 체계적인 폭력을 휘둘러서 상대방을 굴복시킨 조상들이 그렇지 않은 조상들보다 생존이나 번식에 유리했다. 이 말은 결국, 현대인들의 깊은 본능 속에 잔인한 폭력성이 잠재해 있다는 뜻이기도 하다. 그러니까, 우리들의 본능 깊숙이 잠재되어 있던 잔인한 폭력성은 몇 가지 조건 아래에서 급작스럽게 표출되는데, 학자들이 염두에 두는 조건은 대체로 세 가지로 정리된다. 첫째, 자기 자신의 생존이 위협받거나 '번식'이 불가능하다고 판단했을 때, 둘째, 자신이나 자기 공동체의 위신이나 지위가 공격받을 때, 그리고 마지막으로 두려울 때, 구체적으로 자신이나 공동체의 '안전'이 보장되지 않을 때, 사람들은 본능적으로 폭력을 행사한다는 것이다. 이처럼 본능적 공포는 사람들이 위험한 상황을 벗어나게 하지만, 폭력을 매개로 타인의 재산이나 생명, 혹은 명예를 위협한다. 그렇다면, 공포가 회피가 아니라 폭력으로 이어지는 메커니즘은 정확히 어떤 것인가?

(2) 공포와 폭력에 대한 탐구, 그리고 문명과 문화의 가능성

진화심리학도 이 주제를 탐구하고 있지만 그 밖의 학문 분야, 이를테면 정치학도 마찬가지이다. 정치학 분야의 고전인 『리바이어던』에서, 토마스 홉스는 인간이 본능적으로 폭력적인 이유는 경쟁, 영광, 그리고 두려움(공포) 때문이라고 했거니와, 특히 '공포로 인한 폭력'은 현대 정치학의 중심 주제이기도 하다. 가령, 게임이론가 토마스 셸링은 『갈등의 전략 The

strategy of conflict』에서, 무장 강도가 호신용총을 든 집주인
과 마주한 상황을 가정해서, 공포와 폭력의 악순환적 관계를
검토한 바 있다. 실제와 무관하게, 상대가 총을 쏠 수도 있다
는 공포 때문에 먼저 총을 쏘게 한다는 점에서, 공포와 폭력
은 악순환의 고리를 형성한다. 이는 국제관계에서 '서로 공격
하지 않을 것이다'라는 신뢰가 무너지면, 쌍방의 무력 증강과
전쟁 위협으로 치닫는 심리적 이유이기도 하다. 이처럼 공포
로 인한 폭력은 여러 학문 분야의 중심 주제인데, 인간을 깊
이 탐구하는 분야로서 예술이 빠질 수는 없다.

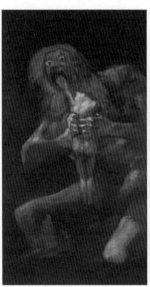 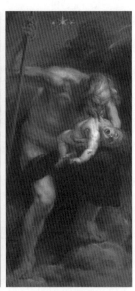

고야의 사투르누스　　　　　루벤스의 사투르누스
(1821-1823)　　　　　　　(1636-1638)

스페인 마드리드 프라도 미술관에 있는 프란시스 고야의 <사투르누스>를 떠올려 보자. 그리스 신화에서, 사투르누스는 아버지 우라누스의 폭력을 견디다 못해, 어머니 가이가가 준 낫으로 아버지의 성기를 잘라 버린다. 이때, 우라누스는 '너도 네가 낳은 자식에게 죽을 것이다'라고 예언한다. 고야는 이 신화적 주제로 그림을 그렸는데, 자식을 찢어서 삼키는 사투르누스의 모습은 폭력적 광기로 가득하다. 물론 그 광기의 폭력은 자식이 자신을 죽일 것이라는 공포에서 비롯된다. 그런데, 고야의 그림에서, 자기 자식을 찢어 삼키는 사투르누스의 광기 어린 눈빛이 묘하게도 슬픔에 잠긴 듯해서 관람자의 시선을 빼앗는다. 같은 주제를 다룬 루벤스의 그림과 대조해 보면 이 점이 분명해진다. 루벤스의 사투르누스는 '있는 그대로'를 묘사한 듯하지만, 고야의 사투르누스는, 특히 그 눈빛은 '이제 이 무시무시한 폭력이 멈추면 좋겠다'도 말하는듯하다.

　사실, 극한 상황에서 인간의 기본적 욕구 문제를 해결하려면 극단적 공포는 물론 강압적 폭력도 하나의 방법이 될 수도 있다. 신화이기는 하지만, 아버지와 자식들에 대한 사투르누스의 폭력은 극단적 상황에서의 '어쩔 수 없는' 폭력을 잘 보여준다. 아버지로부터 폭행당하는 어머니를 지키려는 자녀의 폭력, 어딘지 낯익지 않은가. 그러나 사람들이 모여서 사회를 이루고 협동하기 시작하면서 생존을 위한 극단적 상황은 어느 정도 사라졌다. 처절한 생존 투쟁에서 벗어나서 문명, 혹은 문화가 만들어지기 시작했다. 불교나 기독교, 유교 등 세계적인 종교에서 각각 자비, 사랑, 그리고 측은지심을 설파했던 것도 한몫했다. 기실, 올림포스의 12신이 사투르누스와 같은 거인족을 물리친 것은 아버지와 자녀들의 관계마저 혼돈에 빠뜨리는 카오스에 나름의 질서(코스모스)를 부여하기 위한 선행 과제이기도 했다. 제우스를 중심으로 하늘과 땅, 그리고 바다 등을 각각 지배하는 신들의 질서는 사투르누스로 표상되는 폭력과 공포의 혼돈을 극복하는 인류의 문화, 혹은 문명의 표상으로 읽을 수 있다. 이렇듯 그리스인들은 신화적 상상력을 매개로, 혼돈의 거인족을 물리친 이후에야, 하늘과 땅의 온갖 존재들과 사물들에 이름을 부여할 수 있었다. 세계를 지배하던 무시무시한 혼돈이 조금씩 사라지자, 사람들은 '공포에서 비롯된 폭력'에서 조금이나마 멀어지는 듯했다.

2) 공포의 양상과 대중 서사의 상상력

(1) 공포와 폭력의 반복 : 역겨움, 호러, 그리고 테러

그러나 사람들은 여전히 공포와 폭력의 악순환에서 벗어나지 못하고 있다. 신화적 상상력을 바탕으로 혼돈의 세계를 질서 있게 이해할 줄 알았던 그리스인들도 사실은 여성과 어린이, 특히 노예를 차별했던 것은 잘 알려져 있다. 그리스인의 절반 이상은 시민권 없는 차별 속에서 여전히 처절한 생존 투쟁의 상태에 몰려 있었다. 서양의 머나먼 과거를 더듬어 볼 필요도 없이, 현재의 우리들도 여전히 이러저러한 공포에서 비롯된 폭력에서 자유롭지 못하다. 유럽에서 이슬람 난민들은 서방 세계를 위협하는 테러범이거나 최소한 세금을 갉아먹는 존재쯤으로 여겨지며, 미국에서 흑인들은 아직도 인종 차별의 굴레에서 자유롭지 못하다. 어디 그뿐인가. 한국에서 몇몇 어린이와 여성들은 무자비한 폭력에 노출되어 있거나 죽임을 당해 버려지고 있다. 현재의 문명이나 문화 수준이라면 최소한의 생존 문제를 해결할 수도 있음에도 불구하고, 우리는 여전히 크고 작은 공포와 끔찍한 폭력 속에서 살아가고 있다. 이쯤 되면, 우리들의 본능 깊숙이 뿌리박힌 생존경쟁, 약탈, 파괴, 살인의 생물학적 유전자가 우리들의 문명, 혹은 문화 속에서도 강력하게 작동하고 있다고 봐야 하지 않을까. 그리하여 문화적 유전자마저 공포와 폭력으로 물들어 버린 것은 아닐까.

그러나 이쯤에서 '공포가 반드시 폭력으로 연결되지 않는다'는 사실에 주목해 보자. 비겁하기는 하지만 회피 전략도 공포의 문제를 해결하는 방법이라는 점을 기억하자. 거기서 공포와 폭력의 악순환 고리를 끊어 내는 지혜를 발견할 수도 있기 때문이다. 그러기 위해서 우리는 공포의 구체적 양상과 그 뿌리를 좀 더 살펴봐야 한다. 우선 공포 스토리에 일가견 있는 스티븐 킹이 제시했던 바, 공포의 세 가지 유형에서 출발해 보자. 스티븐 킹은 『죽음의 무도 Dance Macabre』에서, 1) 역겨움 Gloss out : 질병을 유발하거나 비위생적인 대상에 대해 본능적으로 느끼는 역겨움과 연결된 공포, 2) 호러 horror : 초자연적인 현상이나 인간이 어떻게 대처할 수 없는 사건, 즉 자연재해나 전쟁, 혹은 나를 덮치는 거대한 호랑이와 같은 존재에 의한 공포, 3) 테러 terror : 자신이 안전한지 불안한지 알 수 없는 상태에서 느끼는, 소위 말해서 소름 끼치는 상황에서 비롯되는 공포를 이야기한다.

그런데 잘 생각해 보면, 스티븐 킹이 제시한 세 가지 공포 유형은 인간의 문명이나 문화적 힘에도 불구하고 해결하기 어려운 것들이다. 더러운 오물이나 썩은 시체를 보면 즉시 발생하는 구역질은 인간의 원초적 본능에 해당한다. 그리하여 위생 시설과 방역 기술이 발달한 현대의 문명화된 도시인들도 여전히 구역질이라는 육체적 반응을 갖고 있다. 이는 '호러'도 마찬가지이다. 유령이나 귀신이 자아내는 오싹한 기분, 곧 들이닥칠 것으로 보이는 위협으로 머리카락이 곤두서는 느낌은 즉각적인 육체적 반응이다. 이와 같은 구역질과 오싹한 기분은 진화론자들이 흔히 이야기하는 '파충류의 뇌' 즉, 인간 두뇌의 원시적인 영역인 '변연계'와 연결된다. 자신이 안전한지 불안한지 알 수 없는 '테러'의 상황도 마찬가지이다. 앞서 무장 강도와 집주인의 예시를 통해서 공포와 폭력의 악순환에 대해서 말했거니와, 자신의 안전이 위협받는 상황에서 사람들이 실제와 상관없이 타자에게 폭력을 행사하는 것도 즉각적이고 육체적인 반응에 해당된다. 인간의 사회성이나 문명, 혹은 문화가 아니라 인간의 생물성 그 자체에서 비롯된 공포이다. 그러므로 역겨움과 호러, 그리고 테러는 인간들 사이에서 손쉽게 제거할 수 없다는 점을 일단 명심해야 한다.

그런데, 이러한 공포가 인간의 사회적 관계, 혹은 문화적 특성과 결합하기도 한다. 예를 들어, 복잡한 시장에서 어머니의 손을 놓쳐 홀로 남겨진 아이의 공포, 언제 직장에서 쫓겨날지 모르는 노동자의 공포가 그러하다. 이 사례에서 공포는 부모와 자식 관계, 고용주와 노동자의 관계에서 출발한다. 여기서 부모나 고용주는 '나의 생존에 절대적 영향력을 가진 권력자'들로서, 자식이나 노동자의 공포는 이들이 자기들에 대한 사랑이나 관심을 거두어 버리는 상황에서 비롯된다. 또 다른 예를 들자면, 외국인, 여성, 청년, 난민, 성소수자 등 사회적 소수자 집단에 대한 혐오와 공포가 있다. 이들은 대다수에 해당하는 '우리들'과 다르기 때문에, 공동체의 질서를 어지럽힌다는 공포를 자아낸다. 그러나 잘 생각해 보면, 사회적 관계에서 발현되는 공포도 결국 스티븐 킹이 말했던 공포의 근원에 맞닿는다. 가령, 부모로부터 버림받을까봐 전전긍긍하는 아이의 공포는 분명 부모와 자식이라는 관계에서 출발하지만, 그것은 '부모가 나를 버릴지 말지' 판단할 수 없는 '테러'적 상황에 아이가 사로잡혀 있음을 말해준다. 또한, 외국인이나 난민, 성소수자 등 사회적 소수자들은 어떤 사람들에게, 종종 역 겨운 오물을 마주할 때의 반응을 일으키기도 한다.

(2) 공포와 폭력의 악순환 끊기 : 대중 서사의 상상력 활용

이처럼 우리들의 사회에 만연한 공포를 자세히 들여다보면, 그 기원에는 인간의 생물학적 측면은 물론 사회문화적 측면이 놓여 있다. 여기서 인간의 생물학적 측면은 신체적이고도 즉 각적인 반응이라는 점에서 인간의 힘으로는 어쩔 수 없다고 봐야 한다. 그러나 사회문화적 측면과 연결된 공포는 그렇지 않다. '부모가 나를 버릴지 말지' 잘 모르는 상황에서 발생하 는 공포는 생물로서의 반응으로서 어쩔 수 없지만, 그 아이의 공포를 최소화할 수 있는 사회문화적 조건을 만들 수 있다. 또한 더러운 오물에 대한 구역질 반응은 자연스럽지만, 사회 적 소수자를 그렇게 취급하는 것은 자연스럽지 못하다. 여기 서 우리는 공포와 폭력의 악순환을 끊기 위한 지혜의 일단을 발견할 수 있다.

우선, 역겨움, 공포, 테러와 같이 인간의 근본적 생물성에서 나오는 반응과, 그것이 사회문화적 특성과 결합되는 상황을 섬세하게 구별해야 한다. 왜냐하면, 인간의 생물적 특성에서 비롯된 공포는 직접적으로 무자비한 폭력 상황으로 이어진다 는 점에서 쉽게 인지될 수 있지만, 그것이 사회문화적 특성과 결합되면 상황이 훨씬 복잡해지기 때문이다. 즉, 사람들의 사회적 관계와 뒤얽힌 상황에서는 공포가 폭력을 야기하는지, 아니면 폭력이 오히려 공포를 야기하는지 쉽게 판별하기 어렵다. 게다가 사회적이고 문화적인 차원에서 권력자에 대한, 그리고 소수 집단에 대한 공포는 언제나 '내'가 아니라 '남'이 일으키는 것으로 상상된다. 즉, 그 공포의 기원이 권력자든, 아니면 소수집단이든, 문제는 언제나 타자들이 일으킨다. 그래서 공포가 폭력을 불러오는가 하면, 폭력이 공포를 조장하고 이것이 다시 더 커다란 폭력으로 이어진다. 인간 사회 속에서 폭력과 공포의 악무한적인 순환이 완성되는 것이다.

이런 식으로 우리가 실제로 직면하게 되는 공포와 폭력의 관계는 상당히 복잡한데, 이 문제를 깊이 있게 고찰하고 싶다면, 소설이나 영화 등 스토리를 중심으로 사람들의 상상력을 자극하는 예술 작품을 수단으로 삼으면 좋다. 특히, 스릴과 서스펜스, 호러와 테러를 예술적 상상력으로 자극하는 대중문화 장르들이 좋은 수단이다. 인간의 내면 깊숙이 뿌리박힌 공포와 폭력의 '본능'이 그와 같은 장르들을 통해서 '비교적 안전하게' 표출되기 때문이다. 여기서 다시 상기하자. 우리가 대중문화 장르를 매개로 공포와 폭력의 스토리를 검토하는 이유를. 그것은 바로 공포가 폭력으로 이어지는 악순환의 고리를 끊어내는 지혜를 배우기 위해서이다.

2. 타자의 공포를 재현하는 대중 서사 장르들

1) 대중 소설과 대중 영화 : 장르 유지와 혁신의 긴장 관계

(1) 장르의 관습과 문법

대중 소설이나 대중 영화는 말 그대로 대중을 그 대상으로 한다. 즉, 불특정 다수의 독자나 관객을 대상으로 상업적 이익을 취할 목적으로 만들기 때문에, 대중 예술의 창작자들은 대중들의 생각이나 관심사, 그리고 취향을 고려할 수밖에 없다. 그래서 복잡하고 다양한 대중들의 욕망이나 욕구, 그리고 가치관보다는 어느 정도는 평균적인 취향이나 관심사를 생각해야 한다. 쉽게 말해서, 창작자들은 관객이나 독자가 그 영화나 소설을 읽고 '이 정도면 만족한다'고 느낄 수 있는 기대치를 충족시켜야 한다. 가령, 로맨스 영화 장르에서 관객들은 예쁘고 잘 생긴 남녀 배우의 알콩달콩한 사랑 이야기를 기대할 것이고, 추리 소설 장르에서 독자들은 매력적인 탐정이 기묘한 사건의 수수께끼를 명쾌하게 풀어나갈 것을 바란다. 그리고 이 장르들은 연애와 결혼에 대한 대중들의 욕망과 상상력, 범죄의 해결과 과학의 승리에 대한 대중들의 세계관을 배경으로 한다. 대중 서사 장르들은 대중들의 기호와 취향, 욕망과 상상력을 충족시키기 위해서 나름의 방법들을 고안해 내는데, 특별히 제대로 작동하는 예술적 수단과 방법들이 굳어지면,

그 장르의 관습이나 문법으로 정착한다. 예를 들어, 로맨스 장르에서 남녀 주인공의 사랑을 더욱 견고하게 만들기 위해서 '강력한 연적'을 등장시킨다거나, 추리 소설 장르에서 범인을 감추기 위해서 동원하는 '밀실 트릭' 등이 그것이다. 이와 같은 관습이나 문법은 그 장르의 고유한 정체성이 되기도 하고, 독자나 관객의 취향이나 욕망을 만족시킴으로써 어느 정도의 이윤을 보장하는 장치가 되기도 한다.

(2) 독자와 관객의 욕망과 취향

그러나 세상의 모든 것이 변하듯, 대중들도 변하기 마련이다. 또한 동시대의 대중이라 하더라도 각각의 문화적 배경이나 성별 등의 차이에 따라서 그 취향이나 욕망이 다르다. 그러므로 대중 서사 장르의 관습이나 문법이 결코 변하지 않는다고 생각하면 잘못이다. 가령, 로맨스 장르에서 남녀의 연애에 관한 상상력을 다루면서도 여자 주인공이 먼저 고백하고 더 적극적으로 연애 관계를 주도할 수 있다. 이는 여성이 자기 욕망을 적극적으로 표현하는 것이 더 '쿨'해 보일 정로도 대중들의 취향이 달라졌음을 보여준다. 한편, 외국의 서사 장르가 유입되면서 그 사회의 대중 서사 장르를 쇄신하고 변화시키기도 하는데, 한국의 경우 90년대 일본의 트렌디 드라마, 2000년대 미국의 과학 범죄 수사물 등의 사례가 대표적이다. 이 경우들은 한국 사회의 소수 그룹의 욕망과 취향을 대변했던 외국의 대중 서사 장르들이 점차 '주류'로 올라가는 과정을 대변한다. 요컨대, 대중 서사 장르의 관습이나 문법은 독자와 관객의 취향에 따라서 얼마든지 변한다.

(3) 창작자의 독특한 상상력

또한 대중 서사의 창작자들도 장르의 변화를 이끌어 내는 중요한 요인이다. 어느 정도의 이윤을 획득하기 위해서 창작자들은 비교적 검증이 잘 된 장르의 관습이나 문법을 활용한다. 굳이 모험을 하지 않더라도 그 장르의 관습이나 문법을 잘 활용하면 되기 때문이다. 그러나 모든 대중 서사의 창작자들이 그런 전략을 선택하지 않는다. 대중 예술가로서, 그들은 자기만의 독특한 상상력을 발휘하고 싶어 한다. 예를 들어, <기생충>의 봉준호 감독은 계급 관계나 사회 문제에 대한 자신의 의견을 드러내기 위해서, 다양한 영화 장르의 관습과 문법을 철저히 연구하고 해체해서 다시 재구성하는 것으로 유명하다. 또한 넷플릭스 드라마 <킹덤>의 김은희 작가는 서양 좀비 장르의 관습을, 한국의 궁중 사극 장르의 문법 속에서 창의적으로 녹여 냈다. 이와 같이, 창작자의 작가 정신과 상상력은 대중 서사 장르의 문법을 쇄신하기도 하고, 때로는 새로운 장르의 탄생으로까지 이어지기도 한다.

봉준호, 〈기생충〉(2019) 　　　　넷플릭스 드라마 〈킹덤 2〉(2020)

(4) 대중 서사 장르의 복합적 성격

이와 같이 대중 서사 장르는 관객이나 독자의 취향과 욕망을 반영한다. 그래서 안전한 이윤 획득을 위해서 변화를 거부하는 보수적인 측면이 존재하는 한편, 대중들의 역사적 변화, 사회적 차이는 물론 창작자들의 상상력에 따라서 쇄신되는 측면이 존재한다. 그러므로 우리가 대중 서사 장르를 사회적이거나 역사적인 관점에서 자세히 살핀다면, 대중들의 욕망과 취향의 변화를 이해할 수 있다. 나아가 새로운 시대에 맞는 작품을 써서 장르를 끊임없이 변화시키고자 하는 창작자들의 작업도 발견할 수 있다. 우리가 대중 소설과 대중 영화 장르를 매개로 공포와 폭력의 스토리를 검토하고자 하는 이유가 바로 여기에 있다.

2) 공포와 폭력의 이야기들

우리가 이 책에서 다루고자 하는 영화와 소설은 주로 인간의 공포와 폭력을 다루는 대중 서사 장르에 속한다. 영화와 소설은 일정한 스토리를 매개로 하고 있으며, 그 스토리는 인간의 심리, 그리고 인간과 인간의 관계를 중심에 둔다는 점에서 중요하다. 결국, 우리가 다루는 대중 서사 장르들은 '구역질, 테러, 호러' 등 인간의 생물학적 측면에서 기원하는 공포의 원초적인 양상은 물론, 그것이 권력자와 소수자 등 인간들 사이의 관계에서 증폭되고 확장되는 양상도 잘 드러낸다.

구체적으로 우리는 다음과 같은 몇 가지 기준을 가지고 작품을 골랐다. 기본적으로 호러 장르는 물론 호러 장르의 문법을 중심으로 하되 SF 장르, 좀비물, 괴수물 등의 다른 장르나 하위 장르들과 결합된 작품을 골랐다. 특히, 그 장르의 고전이 된 소설이나 영화를 고르되, 현재 우리들의 삶과 연결된 고전 작품들도 골랐다. 그리고 우리는 현실에 대한 강렬한 주제 의식을 바탕으로 서구에서 유래한 대중 서사 장르의 문법을 재구성한 한국 창작가들의 작품도 선정했다.

고전 호러물의 걸작 메리 셸리의 소설 『프랑켄슈타인』(1818)

과 브램 스토커의 『드라큘라』(1897)는 굳이 소개가 필요 없는 작품들로서, 이후 여러 지역과 국가의 대중 서사 작가들에게 풍성한 상상력의 원천을 제공해준다. 허버트 조지 웰스의 소설 『우주전쟁』(1897)도 마찬가지이다. 미지의 공간인 우주에 대한 이후의 대중 서사적 상상력은 이 고전 소설에서 비롯된다. 백 년도 훨씬 지난 이 고전 소설들은 '들어보기는 했으나 읽어보지 않은' 작품들이지만, 19세기 말 대중적 상상력의 생명력을 새삼 음미할 수 있는 대상이다.

한편, 우리 시대의 고전이 된 작품들도 골라서 배치했다. 로봇 A. 하인리히의 소설 『스타십 트루퍼스』(1959)와 대니 보일 감독의 영화 <28일 후>(2002)가 그것이다. 이 작품들은 앞서 소개했던 고전 장르를 현대식으로 재구성함으로써 자기 자신이 새로운 장르의 시초가 된 사례이다. 『스타십 트루퍼스』는 밀리터리 SF 장르의 원형을 제공한 작품으로서, 여러 작가들에 의해서 모방되는 스타일을 보여준다. 특히, 인간의 신체적 능력을 증강시키는 '강화복' 개념은 마블 영화 히어로 아이언맨의 모태가 된다. 한편, 영화 <28일 후>는 21세기 좀비 영화의 새로운 물결을 대표하는 작품으로서, 좀비의 기원을 바이러스에 두는 영화의 시초에 해당한다. 이로써 독자들이 백 년이 넘는 고전은 물론, 우리 시대의 고전을 함께 살필 수 있었으면 좋겠다.

이어서 세대를 아울러서 함께 읽어도 좋을 작품들도 살펴야겠다고 생각했다. 그래서 세기를 넘나들면서 영화로, 소설로 계속 제작되고 또 읽히는 작품을 선정했다. 스릴러 장르의 거장 스티븐 킹의 소설 『그것』(1986)과 SF 호러의 걸작 영화 <에이리언> 1, 2가 그것이다. 1986년에 소설로 발표된 『그것』은 안드레스 무시에트 감독에 의해서 2017년과 2019년 각각 1부와 2부의 영화로 제작되었다. 그리고 1979년에 발표된 리들리 스콧의 <에이리언>1, 1986년에 발표된 제임스 카메론의 <에이리언> 2 등의 시리즈는 최근 프리퀄로 발표되면서, 우주와 인간의 탄생 이야기로 거듭하여 진화하고 있다. 인간의 근원적인 공포와 폭력에 대한 성찰을 담고 있는 거장들의 이야기를 부모 세대와 자식 세대가 함께 살필 수 있으면 좋겠다.

그러나 아무리 세대와 장소를 초월하는 고전 걸작이라고 해도 우리들의 현재적 삶의 문제를 해결하는 데에 참고가 되지 않으면 안 된다고 생각했다. 그래서 공포와 폭력을 다루는 SF 장르이면서도 작품의 안팎으로, 우리의 현실을 강렬하게 환기하는 작품도 골랐다. 닐 블롬캠프의 영화 <디스트릭트 9>(2009)과 개빈 후드 감독의 영화 <엔더스 게임>(2013)이 그것이다. 닐 블롬캠프 감독은 남아프리카 공화국 출신 작가로서, <디스트릭트 9>은 '아파르트헤이트'라는 인종 차별의 유산에 대한 우화로 읽을 수 있다. 한편 영화 <엔더스 게임>(2013)은 영화 자체보다는, 이 소설의 원작자 오슨 스콧 카드가 성소수자 차별 발언으로 논란이 된 적이 있어서 골랐다. 실제

작가의 생각이 작품의 주제 의식과 얼마나 같고 다른지 가늠해 볼 수 있도록 하는 것이 우리들의 바람이다.

끝으로 우리는 한국의 창작자들이 주로 외국에서 발생한 다양한 대중 서사 장르를 어떻게 창의적으로 재해석했는지 살펴야 한다고 보았다. 그래서 장준환 감독의 SF 영화 <지구를 지켜라>(2003), 봉준호 감독의 괴수 영화 <괴물>(2006), 그리고 <부산행>(2016)의 감독 연상호의 애니메이션 <서울역>(2016)을 함께 읽어 보고 싶었다. 이 영화들은 각각 SF, 괴수물, 좀비물이라는 대중 서사의 틀을 활용하여, 사회성 짙은 주제의식을 드러내는 데에 성공했다는 공통점을 지닌다. 그 결과 다른 지역이나 국가에서는 보기 힘든, 한국의 독특한 대중 서사 장르를 확인하는 데에 도움이 된다.

우리는 이렇게 고른 다양한 작품들을 보다 체계적으로 이해하기 위해서 크게 6가지 유형으로 분류했다. 공포와 폭력의 기원에 관한 인간의 생물학적 측면과 사회학적 측면이 그 분류의 기준이다. 구체적으로, 1) 감염에 대한 공포, 2) 나와 닮은 존재에 대한 공포, 3) 침략자에 대한 공포, 4) 소수자들에 대한 혐오와 공포, 5) 권력자들이 자아내는 공포, 6) 소통 불가능성에 대한 공포 등이 그것이다. 1) 감염에 대한 공포는 원초적인 '구역질'을, 2) 나와 닮은 존재에 대한 공포는 '호러'를, 3) 침략자에 대한 공포는 '테러'를 각각 그 기원으로 삼는 작품들을 선정했다. 말하자면, 인간의 원초적 공포에 대한 서사적 탐색으로 보면 된다. 이와 같은 원초적 공포, 생물학적 폭력의 서사는 4) 소수자들에 대한 혐오와 공포, 5) 권력자들이 자아내는 공포, 6) 소통 불가능성에 따른 공포 등 인간들의 공포와 폭력이 사회적 관계 속에서 복잡해지는 양상을 검토할 수 있다.

(1) 감염에 대한 공포

오물이나 시체 등 신체적 접촉에 의해서 감염을 유발할 것이라는 공포부터 살펴본다. 영화 <28일 후>와 애니메이션 <서울역>이다. 영화 <28일 후>는 전염될지도 모른다는 공포가 타자에 대한 폭력으로 이어지고, 이 폭력이 다시 서로를 전염시키는 현상을 이야기한다. 타자들이 옮기는 죽음의 바이러스는 사람들이 상대방을 냉혹하게 공격해도 좋다는 신호로 전환된다. 그래서 '우리' 중에서도 감염된 사람은 확실하게 제거되어야 한다. 바이러스에 감염되어 죽을지도 모른다는 공포는 서로가 서로를 죽이는 폭력을 정당화한다. 그리하여 결국에는 정당한 폭력과 부당한 폭력의 경계가 와해되는 상황까지 보여준다. <28일 후>는 공포와 폭력의 근원적인 관계를 생각하고 나아가 '폭력이란 무엇인가'를 고찰하는 데에 좋은 자료가 된다.

<28일 후>가 감염의 근원적인 공포와 무자비한 폭력의 관계를 보여준다면, 애니메이션 <서울역>은 감염의 공포를 정

치권력이 '이용'하는 방식에 관한 성찰을 보여준다. 좀비물의 외양을 가진 <서울역>은 노숙자, 빈곤 계층의 청년 등 무자비한 생존 경쟁에 몰려 있는 사회적 약자들 사이에서 퍼져나가는 좀비 바이러스를 통해서, 약육강식의 생존 게임과 무자비한 폭력을 그려낸다. 그러면서도 좀비로 변한 사람들을 '폭도'로 규정하는 공권력의 모습을 적나라하게 보여준다. 즉, 애니메이션 속의 공권력은 '선량한' 시민들을 '폭도'로부터 분리시킴으로써 질서를 유지하고자 한다. 그것은 '사회적 모순에 대한 시민들의 분노가 감염병처럼 퍼질지도 모른다'는 권력자들의 관점을 반영한다. 따라서, '감염에 대한 공포' 항목은 감염에 대한 원초적인 공포가 폭력으로 이어지는 양상을 살핀 후, 시민들의 분노에 대한 권력자의 두려움도 함께 살피는 자리가 된다.

(2) 나와 닮은 존재에 대한 공포

귀신이나 유령, 그리고 자연재해, 거대한 호랑이 등이 야기하는 공포를 다룬다. '등골이 오싹하다, 머리 밑이 곤두선다, 기분이 매우 나쁘다' 등의 감정적이거나 신체적인 반응으로 표현되는 종류의 공포이다. 여기서는 19세기 유럽의 걸작 호러 소설『프랑켄슈타인』과『드라큘라』를 살핀다. 프랑켄슈타인은 말하자면 '인조인간'의 원조에 해당한다. 인간이 자기 의도를 가지고 제작했지만 그 의도에 맞지 않는 결과물이 됨으로써 발생하는 공포를 말해준다. 그래서 프랑켄슈타인은 인간적이면서도 괴물적인 요소를 동시에 가지고 있다. 이 공포는 심리학에서 말하는 '언캐니 밸리-섬뜩한 골짜기'에 따른 심리적 효과로 설명될 수 있다. 인간이 아닌 대상이 인간과 흡사해 보이는 어떤 순간에 직면했을 때, 사람들은 오싹한 공포를 느낀다. '흉측한 괴물'이 인간적 욕망을 보일 때, 소설 속의 사람들이 공포에 질리는 장면을 유심히 살펴보면 좋겠다.

이처럼 『프랑켄슈타인』이 '나와 닮은 존재'에 대한 원초적인 공포심에서 출발한다면, 『드라큘라』는 이와 유사한 공포를 인간들의 권력 관계 속에서 다룬다. 한 마디로 말해서, 『드라큘라』는 '유럽인 = 문명인 = 나약한 존재', 그리고 '비유럽인 = 야만인 = 강력한 존재'라는 대중적 상상력을 분명하게 자극한다. 소설 속의 문명인의 표상인 영국인들은 유럽의 변방 트랜실베니아의, 훈족의 혈통을 가진 무자비한 드라큘라에게서 무시무시한 공포심을 느낀다. 그런데 이와 같은 공포심을 극복하기 위해서 영국인들은 실증적 체험과 과학적 조사, 기록과 타이핑 등 근대적인 수단을 쓴다. 그럼에도 불구하고 소설에서 드라큘라는 성적 매력이 압도적인 존재로 여겨지는데, 이는 어쩔 수 없이 이끌리는 야만인의 성적 매력에 대한 욕망을 은유한다. 당시 문명화된 영국인의 대중적 상상력에서, 특히 남성들은 그와 같은 매력을 갖고 싶었지만 그렇게 되면 '야만인'이 될 수밖에 없었다. 그런 점에서 드라큘라의 성적 매력은 영국 남성들이 갖고 싶었으나 가질 수 없는 것을 표상한다. '오싹한 호러'에 기반 한 공포는 이런 식으로 '문명과 야만', '남성과 여성'의 권력 관계 속에서 새롭게 변주된다.

(3) 침략자에 대한 공포

상황이 어떻게 변할지에 따라서 나와 공동체의 안전 여부가 판가름 나는 상황에서 발생하는 공포이다. 스티븐 킹의 세 번째 공포, 그러니까 테러에 관한 공포이다. 특히, 침략자에 대한 공포를 다룬다. 걸작 SF 소설 『우주전쟁』과 밀리터리 SF 장르 소설의 시조 『스타십 트루퍼스』를 여기서 다룬다. 『우주전쟁』은 '지구인들보다 훨씬 과학기술이 발달한 외계인이 지구를 침공해 온다면?'이라는 공포의 시나리오에서 출발한다. 외부의 강력한 침략자가 우리를 공격해 올 때, 벌어지는 일은 1938년 『우주전쟁』과 관련된 실제 에피소드를 통해서 짐작할 수 있다. 수습할 수 없는 대혼란이 초래될 것이다. 압도적인 힘에 의해서 나, 혹은 우리가 무기력하게 희생되는 시나리오는 상상조차 하기 싫다. 이 시나리오를 멈출 수 있는 방법은 결국 '우연'말고는 없을 때, 어떤 혼란과 공포가 초래될 것인가. 『우주전쟁』은 이와 같은 원초적 상상의 시나리오를 충실하게 보여준다.

한편, 『스타십 트루퍼스』는 '멋진' 군인으로 성장해 나가는 청년의 이야기를 담고 있다는 점에서, 교양 소설의 외양을 띤다. 그러나 근본적으로 살피면, '침략당하는 피해자'의 끔찍한 시나리오를 거부하기 위해서 자기를 강력하게 단련해야 한다고 주장한다. 평범한 소년이던 주인공이 거듭되는 훈련과 전투를 통해서 '진짜 군인'이 되어가는 과정은 '침략에 대한 공포'가 지나치면, 사회 전체가 어떻게 되는지를 고민하게 만든다. 요컨대, 『우주전쟁』이 침략에 대한 공포를 피해자의 끔찍한 시나리오 차원에서 검토했다면, 『스타십 트루퍼스』는 침략에 대한 공포에 사로잡힌 '군국주의' 사회의 이면을 생각하게 한다.

여기서 두 편의 소설이 창작된 시대적 배경도 알아두면 좋다. 『우주전쟁』은 제국주의 열강의 세력이 한창 강력할 때인 1897년에, 『스타십 트루퍼스』는 냉전이 격화되던 1959년에 각각 발표되었다. 서양인의 시선에서 볼 때, '침략에 대한 공포'를 다루던 시대의 성격이 달랐다는 점에 흥미롭다. 식민지 쟁탈전이 한창이던 1897년의 영국에서 '강력한 침략자에 대한 공포'가 성립되기는 어렵다. 그와 같은 공포는 오히려 영국의 식민지였던 원주민들이 느꼈을 법하다. 그러므로 『우주전쟁』은 침략자에 대한 대중들의 공포를 영국인 자신이 아니라 피해자인 원주민의 입장에서 드러낸 것이다. 한편, 『스타십 트루퍼스』는 냉전 시대에서, 서구 세계의 경쟁자였던 공산주의 세력의 침공 위협을 상상력의 기원으로 삼는다. 매카시즘이라는 말이 표상하듯, 외부의 강력한 침략자가 있다고 상상하는 것만으로도 사회의 다양한 목소리가 사라지는 상황을 이 소설에서 읽어낼 수 있다.

(4) 사회적 소수자에 대한 공포

외국인, 여성, 어린이, 성 소수자 등 사회적 소수 그룹이 자아내는 공포에 관한 상상력을 다룬 작품들이다. 영화 <디스트릭트 9>, 그리고 스티븐 킹의 소설 『그것』이다. 사회적 소수에 대한 상상력은 일차적으로 타자에 대한 '혐오'의 정서를 동반한다. 이때, 혐오는 감염이나 오염에 대한 공포를 기반으로 한다. 영화 <디스트릭트 9>은 소수자에 대한 혐오의 정서가 어떻게 무자비한 폭력으로 발전하는지 잘 보여준다. 지구로 망명한 외계인 게토 지역을 배경으로 한 이 영화는 페이크 다큐멘터리 기법을 활용하여, 소수자에 대한 무자비한 폭력의 원인을 파헤친다. 그것은 혐오스러운 타자를 인격으로 대우하지 않고 이윤의 도구로 바라보기 때문이라고 영화는 말하고 있다. 사회적 소수자들은 '우리와 달리' 인격이 없기 때문에 혐오스럽고, 그래서 그들에게 폭력을 가해도 되고, 그들을 모욕적 유희나 돈벌이의 수단으로 취급해도 좋다는 잘못된 생각과 행동으로 발전한다.

한편, 사회적 소수자는 우리 공동체의 '완벽한' 질서를 어지럽히기 때문에, 혐오와 공포의 대상이 된다. 나치 독일의 권력자들이 위대한 독일 민족의 순수한 혈통을 위해서 장애인, 정신병자 등의 소수자들을 '제거'했던 사례를 떠올려보면 된다. 소설 『그것』은 피에로 복장을 한 살인마 페니와이즈를 매개로, 사회적 약자에 대한 '선별적 폭력'의 메커니즘을 해부한다. 주기적으로 나타나서 어린이들을 살해하는 악마 페니와이즈는 잘 살펴보면, 자신의 희생자를 가난한 사람들, 성적 소수자들이 사는 지역에서 찾아낸다. 시간이 흘러 2013년의 영화 <더 퍼지>에서도, 가난한 사람들, 사회적 약자들을 주기적으로 사냥하는 폭력의 향연이 형상화되었다는 점을 참고할 때, 『그것』에서의 선별적 폭력이 의미하는 바는 자명하다. 사회적 '찌꺼기'들을 청소해 버림으로써, 우리 공동체를 좀더 완벽하게 유지하고 싶다는 파시즘적 상상력이 그것이다.

(5) 권력자가 자아내는 공포

이번에는 나의 생사여탈권을 쥐고 있는 권력자들이 자아내는 공포이다. 걸작 SF 호러 시리즈 영화 <에이리언> 1, 2, 그리고 봉준호 감독의 영화 <괴물>이다. 두 작품은 평범한 사람의 힘으로는 도저히 어쩔 수 없는 공포를 다룬다는 점에서 '호러'의 상황과 연결된다. 영화 <에이리언>은 일차적으로, 공포감이나 죄책감 등 인간적 감정이 전혀 없는 '완벽한 인간 사냥꾼' 에이리언에 의한 공포가 압권이다. 결코 죽일 수 없는 완벽한 공격자의 사냥에서, 무기력한 사냥감이 되는 체험은 그 자체가 끔찍하다. 그러나 영화 <에이리언>1, 2는 '계약 관계'에 의해서 노동자를 옭아맴으로써 죽음의 사냥터로 인간을 몰아넣는 거대 기업과 자본에 대한 공포를 상상력의 근본으로 삼고 있기도 하다. 에이리언이 공포감이나 죄책감이 없듯, 자본도 후회나 도덕을 모른다는 점에서, 그 은유적 상상력은 새삼 곱씹어볼만 하다.

한편, 봉준호의 영화 <괴물>은 미국과 한국의 관계를 제국주의적 상상력으로 풀어낸, 독특한 괴수 영화이다. 미군에 의한 여중생 사망 사건(2002)을 연상할 수밖에 없는 이 영화에서 미국은 오염 물질을 함부로 방출해도 책임지지 않고, 오히려 한국인들을 바이러스로 취급하거나 심지어 위험 상황에 따른 실험의 객관적 데이터로 만들어 버린다. 이와 같은 상황에서 영화의 주인공 가족들은 국가의 그 어떠한 도움도 없이, 오로지 자기 자신들의 노력으로 문제를 해결하고자 한다. 그러나 미국이라는 압도적인 권력자에 대항하는 것은 애초부터 무리이다. 그래서, 소녀를 구출하기 위한 이 가족의 드라마는 결국 실패할 수밖에 없으며, 그 결과 영화는 우스꽝스러운 몸짓과 과장된 비장미를 오가는 독특한 장르로 표출된다. 영화 <에이리언>과 <괴물>은 압도적인 권력자가 자아내는 공포에 대한 사람들의 반응에 대해서 생각해 볼 수 있다.

(6) 소통 불가능성에 따른 공포

인간들의 관계에서 공포와 폭력의 연결 고리는 '상황이 어떻게 될지 모르는' 테러의 상황에서 출발한다. 그러나 서로가 신뢰를 쌓으면서 그 바탕 위에서 동시에 무기를 버린다면 공포와 폭력은 연결되지 않는다. 그리고 그 신뢰는 대화와 소통의 가능성 위에서 쌓을 수 있다. 그러나 공포를 유발하는 대상이 사실상 소통을 거부하거나 아무런 대답을 하지 않을 때, 상당한 스트레스가 유발되고, 심지어 불안과 공포는 더욱 증폭된다. 그런 점에서 소통 불가능성에 대한 공포는 '공포의 진정한 기원'이기도 하다. 영화 <엔더스 게임>과 영화 <지구를 지켜라>는 처음부터 소통의 불가능한 대상이 자아내는 공포를 다루고 있다.

영화 <엔더스 게임>은 소통할 수 없는 대상과 거기서 오는 공포를 탁월하게 그려낸다. 그리고 그 과정에서 공포가 증오로, 무자비한 폭력으로 번지는 과정도 잘 그려낸다. 그 결과 어린이마저 전쟁 자원으로 활용되는 상황을 분명하게 보여준다. 그러나 지구를 침공했던 외계인들의 언어 체계가 사실은 인간의 언어 체계와 달랐기 때문에, 외계인에 대한 인간의 무자비한 공격은 소통 불가능성에 대한 공포에서 비롯된 것이다. 그 결과는 인간 사회 그 자체의 파괴라는 점을 이 영화의 원작 소설은 잘 보여준다. 영화와 함께, 원작소설도 읽었으면 하는 바람을 그래서 가지게 된다.

영화 <지구를 지켜라>는 '진실을 말하려는 자'와 '사실에 집착하는 자' 사이의 소통 불가능성에 대해서 이야기하는 독특한 작품이다. 이 영화는 전형적인 대중적 음모론 가운데 하나인 '외계인 지구 정복설'을 뒤집는다. 외계인 지구 정복설은 황당한 이야기라서, 사람들은 그것을 믿지 않는다. 그래서 이 음모론을 믿는 영화의 주인공은 미친 사람 취급 받는다. 그러나 영화의 말미에서, 주인공의 주장이 사실로 밝혀짐으로써 '지구 침공'에 관한 대중적인 상상력은 완벽하게 뒤집어진다. 이를 통해서 영화는 서로의 주장을 믿을 수 없는 사람들 간의 소통 불가능성에 대해서 말한다. 즉, 외계인이 지구를 정복한다는 '진실'을 알고 있는 자는 외계인이 있을 리 없다는 '사실'을 믿는 자들과 결코 소통할 수가 없다. 그 결과 발생하는 것은 서로가 서로에게 가하는 폭력이다.

제2장 감염에 대한 공포

1. 전염의 폭력성과 폭력의 전염성, 영화 <28일 후>

1) 28일이 지나 일어나는 전염과 폭력의 이야기

    <28일 후>[1]는 동물 해방 운동가들이 한 연구소를 습격하여 실험용 침팬지를 풀어주는 데에서 시작된다. 문제는 이 침팬지들이 '분노 바이러스'에 감염되어 있었다는 것. 침팬지는 자신을 풀어주는 운동가들을 덮치고, 감염된 운동가들로 인해 분노 바이러스는 영국 전역으로 퍼져 나간다. 이 사건이 일어나고 28일 후가 본격적인 영화의 시작이다.

    <28일 후>는 <새벽의 저주>(2004)와 함께 21세기 좀비 영화의 뉴웨이브를 일으켰다는 평을 받기도 한다. 특히 좀비로 볼 수 있는 사람들이 뛰어다닌다는 것은 기존의 좀비 영화의

---

[1] 대니 보일, 〈28일 후〉(28 Days Later...), 2002.

〈트레인스포팅〉〈비치〉 대니 보일 감독이 던지는 전율!

세상이
분노하기
시작했다!

28일후...

공포의 새로운 차원을 여는 하이 쇼크 호러!

영화 〈28일 후〉의 포스터

문법을 부순 신선한 시도였으며, 좀비의 근원을 바이러스로 해석한다[2]는 것 역시 이후 많은 영화들에 영향을 준 부분이라고 하겠다. 하지만 〈28일 후〉의 좀비들이 과연 '좀비'인가에 대해서는 이견이 있다. 이들은 바이러스에 감염되어 난폭하게 행동하지만 살아난 시체는 아니다. 오히려 영화의 말미에는 굶어서 쓰러진 채 제대로 움직이지도 못하는 감염자들이 등장하기도 한다.

그러므로 〈28일 후〉는 좀비 자체에 초점을 맞추기보다는 폭력과 전염이라는 두 가지 키워드에서 접근해볼 만하다. 이 작품에서 전염은 폭력적이고, 폭력은 전염성이 강하다. 전염으로 인해 감염자와 그렇지 않은 자가 나누어지는 상황에서, 감염되지 않은 '우리'는 감염된 '저들'을 폭력의 대상으로 삼는다. 그리고 그러한 폭력은 최소한의 합리화도 없이 행사되

---

[2] 이러한 설정은 캡콤이 개발하여 전 세계적인 인기를 얻은 게임 〈바이오하자드〉(1996)에서 틀을 잡은 것이라 할 수 있다. 다만 〈바이오하자드〉에서는 바이러스를 통한 생체 병기를 만든다는 개념이라 좀비 호러와는 또 다른 분위기를 자아낸다. 〈바이오하자드〉를 영화화한 〈레지던트 이블〉(2002)이 액션을 중심으로 한 블록버스터로 속편을 이어가는 것이 그 예라 하겠다.

면서 모든 사람에게로 전염된다. 전염에 대한 공포는 폭력을 정당화하지만, 그처럼 정당화된 폭력은 그 누구도 통제할 수 없고 폭주해 버리는 결과로 이어진다.

이러한 점을 살펴보기 위해 <28일 후>를 크게 두 부분으로 나누어 고찰하고자 한다. 사고를 당해 의식을 잃고 병원에 입원해 있던 '짐'이 의식을 찾은 후 일행들을 만나는 이야기가 전반부라면, 새로운 일행들과 생존자가 있다고 생각되는 맨체스터로 향하며 겪는 이야기가 후반부이다. 전반부가 폭력적인 전염에 대한 이야기라면 후반부는 전염성이 강한 폭력에 대한 이야기이다. 이 영화를 통해 공포가 폭력을 정당화하는 기제와 그러한 폭력이 폭주하게 되는 모습에 대해 살펴볼 수 있을 것이다.

2) '우리'와 '저들'의 배타적 구분–전염의 폭력성

기본적으로 이 영화는 전염에 대한 이야기로, 연구소에서 유출된 바이러스로 인해 한 나라가 파괴당하는 재난을 배경으로 한다. 영화에서 바이러스에 대한 이야기를 직접적으로 설명하는 부분은 많지 않으나, 의외로 정보가 부족하지는 않다. 먼저 이 바이러스에 감염되면 극도의 분노에 휩싸이고 폭력성이 강해져서 주변의 사람들을 공격하게 된다. 침팬지에게 공격당해 전염이 시작되었지만 다른 동물들이 분노에 휩싸여 돌아다니지를 않는 것을 보면, 인간이나 유인원을 제외하고는 다른 동물 간에 전염이 이루어지지 않는다. 눈에 들어간 감염자의 피 한 방울만으로도 수 초 만에 증상이 일어나는 것으로 보아 전염력이 강하지만 공기 중 전염은 이루어지지 않아 전파 방식이 제한적이다.

그러므로 전파 방식만을 따진다면 28일 만에 사회가 붕괴될 정도의 전염은 어렵다. 문제는 이 바이러스가 분노와 그에 동반된 폭력을 불러일으킨다는 점이다. 분노로 인한 광기에 가까운 폭력(사람을 물어뜯는다)은 다른 사람들에게 쉽게 이 바이러스를 옮긴다. 전염은 발병 가능성이 있는 불특정 다수에 대한 관리의 문제가 아니라 상대에 대한 직접적인 악의와 그에 대한 방어라는 문제로 바뀐다. 이 작품에서 전염은 결정적이며, 전염병에 걸린 사람은 회복의 가능성을 기대하며 보호하고 관리해야 할 대상이 아니다. 오히려 전염병에 걸린 사람은 그렇지 않은 사람에게 폭력을 행사할 의지가 충만한, 위협적 대상이다.

이 시점에서 모든 것이 공포의 대상이 된다. 저 멀리 보이는 저들이 감염된 사람들인지, 저 어둠 속에서 무언가 뛰쳐나와 자신을 공격하지는 않을지, 하룻밤을 보내기 위해 들어간 집 어딘가에 감염된 사람이 숨어 있지나 않은지 걱정해야 하기 때문이다. 이처럼 전염에 대한 공포는 언제 어디라도 전염과 관련된 일이 일어날 수 있는 가능성 자체에서 비롯한다.

이러한 가능성은 누군가와 소통하기 위해 내뱉는 말 한 마디 까지 막아버린다. 영화에서 타인과 소통하기 위해 자신을 알리는 대사 "Hello?"는 감염자들에게 자신을 노출시키는 신호가 되기 때문이다. 교통사고로 의식을 잃고 병원에 입원해 있던 '짐'은, 의식을 찾은 후 변해버린 세상에 혼란스러워한다. 사람을 찾아 거리를 헤매던 짐은 성당으로 들어가 'Hello?'라고 말하며 사람을 찾지만, 그 소리에 반응한 것은 희생자를 찾고 있던 감염자들뿐이다. 낯선 자와의 소통을 위한 호의 어린 말은 무차별적인 공격으로 이어진다. 이 세상에서 저들을 향해 보낸 신호는 자신을 노출시키고 공격의 여지를 주는 것으로 변모한다.

이처럼 전염은 '우리'와 '저들'의 구분을 선명하게 드러내며 그 구분의 매개는 바로 전염에 대한 공포이다. 전염이 시작된 이상 문제없는 우리와 불분명한 '저들'을 민감하게 구분해야 한다. 저기 있는 알 수 없는 자가 '우리'인지 '감염된 저들'인지를 민감하게 판단해야 하는 것이다. 이와 더불어 '우리'라 하더라도 감염의 징후가 있다면 냉혹할 만큼 빠르게 처리하여 축출해야 한다. 그래야만 '우리'를 '우리'인 채로 보존할 수 있기 때문이다. 전염에 대한 공포는 민감한 구분과 빠른 처리를 정당화한다.

이러한 정당화는 '빠르고 확실한 처리' 방법으로서의 폭력 역시 인정한다. 감염자들에게 쫓기던 짐을 구해준 셀레나와

주인공 일행을 공격하는 감염자들

마크는, 자신의 집으로 가자는 짐의 부탁을 들어준다. 그때 감염자로 변한 짐의 이웃이 그들을 습격해 격투가 일어나고 마크는 팔에 상처를 입는데, 셀레나는 주저하지 않고 마크를 살해한다. 하지만 영화에서 보여주는 것은 마크의 팔에 난 상처일 뿐이고, 이 상처가 감염자에게 물린 상처인지 격투 중 입은 부상인지는 정확하지 않다. 하지만 셀레나는 전염의 가능성만으로 마크를 죽인다. '우리'의 안위를 지키기 위해서 수행되는 빠른 결단과 이어지는 폭력은 합리적인 것으로 정당화된다.

이처럼 전염은 폭력적이다. 정확히 말하면 전염될 가능성에 대한 공포는 폭력을 정당화하면서 모든 것에 적용할 수 있도록 한다. 전염은 '우리'와 '저들'이라는 구도를 만들고, 그러한 구도 속에서 민감히 반응할 것을 요구하며 필요할 경우 빠르게 처리할 권한을 준다. '저들'에게 발각될 경우 공격당할 것이기에, '우리' 속 누군가가 '저들'처럼 변하면 우리 모두 그렇게 변할 것이기에 '저들'을 공격하고 '우리' 속의 '저들'을 축출하는 것은 당연하다. 이처럼 <28일 후>는 전염에 대한 공포를 통해 폭력과 배제, 우리와 타인의 구분에서 벌어지는 일의 민낯을 보여준다.

하지만 전염병 속에서 살아가는 이들에게는 최소한의 책임감 내지 변명이 요구된다. '동생이나 친구라 하더라도' 죽일 수밖에 없다거나 '살아남기도 벅찰 지경이니 꿈 같은 것은 필요 없다'는 셀레나의 말은 마크를 죽인 것에 대한 최소한의 변명일 것이다. 셀레나는 이기적 욕망을 위해 폭력을 행사한 것이 아니라 생존을 위해 어쩔 수 없었다는 의식을 드러낸다. 이처럼 자신의 행위를 합리화시켜야겠다는 조금의 의지라도 남아야 행동에 제약을 걸 수 있다. 전염(의 가능성)은 폭력적이지만 그에 맞서 폭력을 행사하는 사람은 폭력에 빠지지 않기 위한 여지를 남겨야 한다. 자신을 해치려고 하는 존재에 대한 정당한 방어라는 명목이라도 있어야 하는 것이다.

그러므로 <28일 후>의 전반부에서는 전염에 대한 공포로 인해 폭력이 정당화되면서도, 폭력을 행사하기 위한 최소한의 합리성을 확보하기 위한 모습이 드러난다. 공포의 대상에게 가차 없이 폭력을 행사하기는 하지만, 그러한 폭력이 '우리'를 지키기 위해 사용된다는 의식 정도는 남아 있는 것이다.

3) 폭력의 내면화를 통해 드러나는 폭력의 전염성

영화의 전반부가 전염의 폭력성에 대한 이야기라면, 영화의 후반부는 폭력의 전염성에 대한 이야기이다. 전반부에서 다루어진 전염이 '우리'와 '저들'의 구도를 강화하고 공포에 대한 대항으로 우리에게 '폭력'을 행사할 권한을 부여한다면, 후반부에서는 그러한 폭력에 빠져 최소한의 합리화도 없이 모두를 폭력의 대상으로 삼는 이야기가 형상화되기 때문이다.

마크가 죽고 난 뒤 짐과 셀레나는 다른 곳으로 이동하다가 아파트의 불빛을 발견한다. 아파트의 생존자는 프랭크와 해나 부녀로, 식수가 떨어져 다른 곳으로의 이동을 고민하고 있던 와중이다. 그러다 맨체스터에 군인들이 생존자 캠프를 만들었다는 라디오 방송을 수신하고 짐과 나머지 일행은 맨체스터로 이동한다. 그곳에서 프랭크는 건물에 매달려 있던 시체에서 떨어진 피가 눈으로 들어가 분노 바이러스에 감염되고, 군인들에게 사살된다. 나머지 일행은 군인들과 함께 웨스트 소령이 이끄는 캠프로 이동한다. 하지만 이는 군인들이 생존자를 끌어들이기 위한 일종의 함정이었다. 집단 내에서 희망을 잃고 자살하는 병사들이 늘어나자 웨스트 소령은 병사들의 욕망을 풀어주기 위해 이러한 방법을 강구한 것이다. 그리하여 군인들은 생존자를 유인하는 방송을 틀어 여자들은 성노리개로 삼고 나머지는 죽인다. 영화에서 확인되는 시신의 수가 엄청나게 많은 것으로 보아 이들은 이러한 일을 끊임없이 반복한 것이다.

이들 군인이 등장하기 이전 영화에서 전염에 의한 폭력은 단순한 구도를 보인다. 감염자는 감염되지 않은 사람을 공격하고, 감염되지 않은 사람은 감염자로부터 자신을 지키기 위해 폭력을 행사한다. '우리'와 '저들'을 구분하고 그 구분의 기준을 민감하게 적용하여 우리 안에서 '저들'이 된 사람들에게까지 폭력을 행사하기는 하지만 나름의 합리성은 있다. 폭력은 우리를 지키기 위한 최소한의 수단이라는 의식은 있는 셈이다.

반면 맨체스터에 주둔한 군인들은 자신들 외의 모든 사람을 폭력의 대상으로 삼고, 자신들의 욕망을 해결하기 위한 소모품으로 취급한다. 불과 이틀 전에 감염된 동료의 목에 쇠줄을 채워 굶어 죽을 때까지 걸리는 시간을 측정하거나, 여자들 외에 필요 없는 남자를 죽일 좀 더 짜릿한 방법을 시시덕거리는 그들은 자신들의 행동을 합리화할 최소한의 여지조차 남기지 않는다.

이때 폭력은 공포에 대항하기 위한 방법으로서의 정당성을 잃고 바이러스처럼 전염된다. 분노 바이러스에 감염된 사람들이 자신의 의지를 잃고 바이러스의 작용에 따라 움직인다면, 군인들은 폭력이라는 방식을 내면화하면서 감염된 것과 다를 바 없이 다른 사람들에게 폭력적이 된다. 자신의 행위에 대해 최소한의 합리성을 찾으려는 셀레나와는 달리 군인들은 폭력에 취해 있으며 그 행동에 거리낌이 없다. 폭력을 행사하기 위한 민감한 구분은 사라지고, 그들은 폭력과 욕망을 연결시킨다. 군인들에게 폭력의 대상은 자신의 욕망 충족에 걸리적 거리는 모든 것으로 확장된다.

결국 폭력은 모든 경계를 침범하고 합리성을 무화시킨다. 공포에 대한 방어를 위해 최소한의 합리성을 바탕으로 작용하던 폭력은 모든 것을 정당화하는 절대적 방법으로 변화한다. '우리'와 '저들'의 민감한 구분은 없어지고 폭력과 그것을 적용하기 위한 대상만이 남게 되는 것이다. 자기방어를 위한 폭력이 욕망을 충족시키기 위한 폭력으로 변화하는 것은 삽시간이며, 폭력에 취한 사람들은 폭력을 구분하여 적용할 수 없다.

이처럼 폭력을 사용하는 사람들은 그 폭력에 취하기 쉽다. 폭력은 쉽게 합리성을 벗어나 행사될 수 있다면 어디로든 전염된다. 공포에 대한 합리적인 반응으로서 나타난 최소한의 폭력은, 공포를 빌미 삼아 무차별적으로 적용되는 폭력으로 변질된다. 끌려간 여자 일행을 구하기 위해 군인들을 미친 듯이 공격하는 짐의 외양은 결국 분노 바이러스에 감염된 사람들과 다를 바 없다.[3] 위험해 보이는 '저들'에 대항하기 위해 선택한 합리적 폭력은 결국 그 무엇도 구별하지 못하는 모두에 대한 폭력으로 변질된다.

이 영화의 후반부에서 폭력은 공포를 빌미 삼아 퍼져나가는 무차별적인 것으로 드러난다. 전반부에서 폭력을 통제하기 위해 확보된 합리성은 그 앞에서 너무나 무력하다. 공포를 원

---

[3] 짐은 셀레나를 구하기 위해 그런 행동을 한 것이지만, 정작 셀레나는 짐이 분노 바이러스에 감염된 것으로 생각하고 칼을 들어 짐을 공격하려고 한다.

인으로 삼아 등장한 폭력은, 공포를 넘어 자신을 끊임없이 키워나간다. 전염이라는 공포에 맞서 행사한 폭력은 다시금 전염되면서 폭주하고 사람들을 장악한다.

4) 'HELL'과 'HELLO'의 경계에서 능동적으로 행동하기

영화 속 구조 신호를 만드는 스틸컷

전염이라는 위협은 폭력을 생산하고 우리와 저들을 민감하게 나눈다. 그렇게 생산된 폭력은 다시 전염되어 내면화되며 위협 속에서는 무엇이든 할 수 있다는 논리로 변질된다. 외부의 위협에 대응하기 위한 폭력은 정당하며, 내면화되어 폭주하는 폭력만 부당하다고 말하는 것은 아니다. 오히려 이처럼 폭력의 성질을 구분하고 합리적으로 사용할 수 있다는 인식이 위험한 것이다. 공포는 폭력의 원인이었지만, 폭력은 어느새 공포를 빌미로 삼아 자신의 몸집을 키운다. 폭력적인 수단을 사용하는 이상 폭력에 전염되기가 십상이며, 자신의 행동을 정당화하기 위한 최소한의 기준과 합리성은 순식간에 사라져 자기합리화의 핑계가 될 수 있다.

영화의 마지막 부분은 이러한 불분명한 경계 속에서 폭력에 장악당하지 않기 위한 하나의 단서를 보여준다. 짐 일행은 구조 신호를 보내기 위해 천으로 'HELLO'라는 단어를 만든다. 옆의 스틸컷에서도 확인할 수 있듯이 이 요청, 타인에게 자신을 확인시키고 연결하고자 하는 이 요청은 'HELL'과 한 끝 차이일 뿐이다. hell을 넘어 hello의 단계로 가기 위해 짐 일행은 온갖 천을 짜깁기하고 바람에 날려가지 않도록 천을 밟고 서 있다. 구조와 소통의 신호인 hello가 무자비하고 폭력적인 hell과 구분되기 위해서는 사람들의 능동적인 노력이 필요하다. 자신이 합리적으로 폭력을 제어할 수 있다는 믿음보다 소통을 위한 노력이 필요한 것이다.

물론 나와 다른 저들에 대한 두려움, 저들이 나를 공격하여 피해를 입힐 수도 있다는 두려움을 현실적으로 완전히 없애기는 어렵다. 하지만 그러한 구분이 폭력을 생산하고, 나아가 어떤 제한도 없이 폭력을 전염시키는 상황은 피해야 한다. 자신이 내는 소리가 폭력을 정당화하는 지옥의 괴성이 아니라 타인과 소통하기 위한 'hello'가 될 수 있도록 끊임없이 노력해야 하는 것이다.

2. 감염, 권력 그리고 자본, 애니메이션 〈서울역〉

1) 애니메이션 감독, 영역을 넓히다

애니메이션 〈서울역〉(2016)은 영화 〈부산행〉(2016)의 프리퀄에 해당하는 작품이다. 〈부산행〉의 이야기가 전개되기 이전의 상황을 담고 있지만, 인물이나 스토리 상에 어떤 긴밀한 연관성이 존재한다고 보기는 어렵다. 오히려 좀비가 출연하는 상황이 시작되는 시점을 다루고 있다는 측면에서 감독이 구축한 하나의 세계관에 속해 있다고 보는 편이 옳다.

일반 관객에게 〈서울역〉이 가지는 가장 특징적인 부분은 애니메이션이라는 사실일지 모르겠다. 감독 연상호를 떠올리는 많은 사람들은 영화 〈부산행〉이나 〈염력〉(2018)으로 그를 기억할 공산이 크기 때문이다. 그러나 연상호라는 감독이 대중에게 알려진 것은 애니메이션 〈돼지의 왕〉(2011)부터이다. 연상호는 〈돼지의 왕〉, 〈창〉(2013), 〈사이비〉(2013) 로 이어지는

애니메이션 〈서울역〉의 포스터

애니메이션을 통해 자신의 세계를 구축해왔다. 특히 이들 세 작품은 이전부터 감독이 가지고 있던 세계에 대한 현실의 어두운 인식을 가감 없이 보여준다는 점에서 많은 관심을 받기도 했다. 즉, 감독 연상호가 세계를 담아내는 출발은 실사 영화가 아닌 애니메이션이었다.

공교롭게도 연상호 감독이 실사 영화에 집중하기 시작한 시기는 애니메이션 〈서울역〉의 개봉 시기와 맞물린다. 〈서울역〉은 〈부산행〉보다 먼저 제작되었으나, 개봉은 두 작품 모두 2016년 여름에 진행되었다. 정확하게는 〈서울역〉이 약 1달 정도 늦게 개봉했는데, 이러한 차이는 한국에서 애니메이션이 흥행하기 어려운 한계 때문으로 보인다. 좀비를 중심으로 한 세계관의 확장 속에서 서로 다른 방식의 영화가 만들어졌다는 사실은 흥미롭다. 이러한 장르 변화보다 더 눈에 띄는 변화는 연상호 감독이 영화를 통해 전하는 메시지의 변화이다.

연상호 감독이 애니메이션에서 실사 영화로 장르를 옮기면서 그의 색깔이 바뀌었다는 평이 있다. 염세주의적이고 어두운 느낌에서 가족을 내세운 소위 신파로 변화했다는 의견이 다수를 이룬다. 따라서 어쩌면 감독 연상호를 이해하기 위해 가장 먼저 살펴야 할 작품이 <서울역>일지 모른다. 확장 가능한 감독의 세계관을 온전히 자신의 방식으로 다룰 수 있는 애니메이션이야말로 감독의 세계관을 가장 잘 담아낼 수 있기 때문이다.

2) 제도 밖에 부랑자, 감염에 노출되다

애니메이션 <서울역>은 기웅과 혜선이 싸우고 헤어진 이후 석규가 기웅을 찾아와 함께 혜선을 찾아다니는 이야기이다. 그리고 배경 상황으로 사람들이 집단적으로 좀비에 감염되는 사태가 발생한다. 기웅은 경제적 어려움 때문에 인터넷을 통해 여자친구인 혜선의 원조교제를 알선한다. 혜선은 이를 거부하고 홀로 서울역 근처를 방황한다. 이때 자신이 혜선의 아버지라며 나타난 선규는 기웅을 통해 혜선을 찾고자 한다. 그때 좀비가 나타나자 혜선은 다른 노숙자와 함께 지구대와 회현역 근처로 도망 다니게 되고, 선규와 기웅은 혜선을 찾아다닌다. 시민들은 좀비를 피하기 위해 회현역 근처에 바리케이드를 만들었지만, 공권력은 이를 폭동으로 규정한다. 피할 수 없는 시민들이 좀비에게 공격당하는 사이 혜선은 극적으로 근처 모델하우스로 피신하고, 이곳에서 선규와 기웅을

만난다. 그러나 혜선의 아버지라고 했던 선규가 혜선의 과거
포주였다는 사실이 밝혀진다. 이에 기웅이 대항하지만, 선규
는 기웅을 죽이고 혜선을 범하려고 한다. 그런데 이미 좀비에
게 물렸던 혜선이 좀비로 변해 선규를 물어뜯으면서 이야기는
마무리된다.

이 애니메이션은 그 시작부터 작품의 거의 모든 전제를 보
여준다. 첫 화면에서 '서울역'이라고 표시된 지하철 출구가 보
이고, 피가 묻은 한 노인이 목덜미를 잡고 힘겹게 길을 걸어
간다. 서울역 계단 앞에서 두 청년은 '보편적 복지'에 관해 토
론을 이어간다. 노인이 두 사람을 지나가자, 복지 이야기를
꺼냈던 청년이 노인을 도우러 따라간다. 그러나 노인이 냄새
나는 노숙자라는 것을 인지하자 이내 돌아선다. 두 청년의 말
투에서 그들이 실수라도 할 뻔했다는 느낌이 든다. '보편적
복지'에 대해 토론할 정도로 사회적 문제에 관심이 있는 두
청년이지만, 그들에게 노숙자는 전혀 다른 존재다. 뚜렷한 직
업이나 거주지가 없는 그들은 복지라는 제도에도 포함될 수
없는 인식 밖의 대상이다. 그러니 두 청년에게 노숙자는 제도
밖에 있는, 그들과는 완전히 다른 존재인 것이다.

두 청년의 토론과 시선으로 제도 바깥의 노숙자라는 존재
를 부각시키지만, 이 작품은 시민과 노숙자의 문제를 선악의
개념으로 나누지는 않는다. 오히려 노숙자 사이에 나타나는
약육강식의 문제를 더 적나라하게 보여준다. 장난감을 가지고

노는 어린 노숙자와 남성 노숙자에게 성을 팔고자 하는 여성 노숙자의 모습은 말 그대로 현실적이다. 나아가 노숙자 사이에 힘이 작용한다는 사실은 현실감을 더한다. 피를 흘리며 자리를 잡은 노인에게 동료 노숙자가 나타나고 그가 쉼터에 도움을 청하지만 뜻대로 되지 않는다. 쉼터는 이미 힘세고 폭력적인 노숙자들이 차지한 상태다. 어쩌면 감독의 눈에 보인 세계는 제도의 작동 여부에 따라 나뉘고, 그 제도 밖은 약육강식의 법칙이 지배하는 일종의 자연 상태에 가까운 것일지도 모른다.

혜선과 기웅의 상황도 다르지 않다. 이를 가장 극명하게 보여주는 것은 공간의 유사성이다. 어지러운 여관방의 모습은 전후에 등장하는 노숙자들의 공간과 크게 이질감이 느껴지지 않는다. 둘은 숙박비도 제대로 내지 못한 채 여관에서 지내고 있는데, 그럴 수밖에 없는 이유가 그들이 할 수 있는 일이 딱히 없기 때문이다. 밀린 방값을 해결하기 위해 기웅은 인터넷으로 혜선에게 성매매를 알선하려고 한다. 과거 창녀촌에 있다가 탈출한 혜선은 이를 거부하고, 두 사람은 다투게 된다. 창녀촌에 있었던 19세 소녀와 그녀를 이용해 방값이라도 벌어 보려는 남자친구는 비상식적이고 비도덕적으로 보인다. 그러나 속단할 수만은 없다. 그들은 아르바이트만으로 숙박비를 제대로 낼 수 없는 상황이며, 그들을 도와줄 사람이나 제도는 없어 보인다.

혜선과 기웅 그리고 노숙자와 같이 제도 밖에 있는 부랑자가 얼마나 위험한 존재인지는 그들이 가장 먼저 쉽게 좀비 바이러스에 감염된다는 사실에서 알 수 있다. 혜선이 서울역 역사 안에서 방황하고 있을 때 안내방송이 들려온다. 안내방송에서는 역사에 있는 노숙자들에게 조용히 해달라고 말한다. 그러나 이내 혜선 앞에서 도망치는 이들이 달려오고 이어서 소리를 내는 좀비 무리가 등장한다. 보호받지 못했던 노숙자들이 가장 먼저 좀비 바이러스에 감염된 것이다. 늦은 밤 거처가 없는 그들은 좀비 바이러스가 전파되는 가장 쉬운 연결고리로 작동한다. 제도가 그들을 보호하지 않았기 때문에 이제 그들은 시민을 위험에 빠뜨릴 사회의 약점으로 드러난다.

3) 공권력, 감염을 막아라

애니메이션 <서울역>에서 흥미로운 부분 중 하나는 노숙자를 대하는 공권력의 태도에서 찾아볼 수 있다. 혜선은 몇 명의 노숙자와 서울역 지구대로 피신한다. 이내 이들은 땀을 흘리면서 경찰에 도움을 청한다. 그러나 경찰은 이들이 냄새나는 노숙자라는 것을 알고 지구대에서 쫓아내려고만 한다. 이내 지구대마저 좀비들의 습격을 받게 되고 혜선과 살아남은 사람들은 유치장 안으로 몸을 숨긴다. 그런데 이 장면에서 경찰의 대응이 이상하다. 어깨를 물린 경찰은 무선을 통해 노숙자들이 폭동을 일으키고 시민들을 공격한다고 전한다. 살아남은 노숙자는 자신들이 폭동을 일으킨 것이 아니라고 항변한다. 마찬가지로 혜선도 자신이 노숙자가 아니라고 말한다. 그러나 그 상황에서 경찰은 혜선이 신발을 신고 있지 않다는 사실을 확인하고 노숙자와 혜선을 구별하지 않는다. 경찰의 입장에서 노숙자와 혜선은 폭동을 일으킨 위험한 존재이기 때문이기에, 경찰은 그들을 동일하게 취급한다. 경찰은 시민인가 아닌가를 기준으로 대상을 나눌 뿐 원인을 찾거나 어떻게 문제를 해결할지 고민하지 않는다. 그는 '시민'이 아닌 '폭도'를 모두 제거할 의지만을 가진다.

공권력의 이러한 특징은 시민을 대하는 다른 장면에서도 구체적으로 드러난다. 늙은 노숙자와 함께 살아남은 혜선은 끊임없이 도망치다가 회현역까지 이른다. 더는 도망갈 곳이 없다고 느끼는 순간 바리케이드에서 그들을 부르는 사람들을 발견한다. 비슷한 상황에 놓인 사람들이 바리케이드를 치고 스스로와 다른 시민을 보호하고 있는 것이다. 혜선과 늙은 노숙자는 바리케이드를 넘어 좀비 무리를 피한 후 안도한다. 그러나 그들의 생존이 쉽지는 않다. 길 한쪽에 바리케이드가 있다면 다른 한쪽에는 전경 버스가 있기 때문이다. 좀비를 피해 살려달라는 사람들을 향해 전경은 그들이 폭동을 일으키고 있다고 방송하며 물을 뿌린다. 결국 공권력은 시민의 목소리를 듣고도 보호하지 않고, 그들이 한 목소리를 내는 것을 막는다.

시민을 향해 총을 겨누는 군인들

늙은 노숙자는 이 상황을 명확하게 설명한다. 전경 버스에 오르기 전 그는 국가가 자신들과 같은 사람들은 신경도 쓰지 않는데 자신들만 열심히 일한 거라고 말한다. 그가 버스에 올라 총에 맞아 죽는 장면은 공권력이 어떤 방식으로 사람들을 대하는지 보여준다. 처음 폭동이라고 시민들에게 해산하라고 방송하던 상황은 계엄령이 선포되어 군대로 작전권이 넘어가면서 폭력적인 사태로 이어진다. 공권력은 사람들이 왜 도망쳐 달아나고 살려달라고 아우성치는지 묻지 않는다. 시민들이 살기 위해 자신들의 목소리를 높일수록 공권력의 폭력성은 더 강화된다.

이 작품에서 국가가 시민을 폭동으로 규정하는 방식은 정상/비정상의 구분에 따른 지배의 논리에 따른 것이다. 애니메이션 <서울역>이 그리는 공권력의 입장에서, 연대한 시민은 '촛불혁명'과 같이 권력을 무력화하고 사회를 변화시킬 수 있는 감염과 같다. 따라서 공권력은 이들을 통제하고 배제해야 할 대상으로 전제한다. 공권력은 자신들의 권력을 유지하기 위해 권력의 작동 방식이 변화하는 것을 바라지 않는다. 따라서 그들은 불완전하거나 불평등한 시스템의 문제를 찾아 해결하기보다는 그저 시스템이 안정적으로 유지될 수 있는 방법을 찾고자 한다. 결국, 공권력은 시민과 시민 사이에 퍼질 수 있는 분노와 단결의 힘을 막아내는 데 폭력을 사용한다. 공권력의 입장에서 좀비 바이러스도 사회를 안정시키기 위해 막아야 할 대상이라면, 시민들의 연대도 마찬가지라고 할 수 있다. 지배의 논리에서 감염과 연대는 다르지 않다.

4) 자본, 사람을 병들게 하다

애니메이션 <서울역>은 공권력의 입장에서 감염과 연대의 문제를 함께 인식시키는 데 머무르지 않는다. 나아가 애니메이션은 오늘날 지배의 논리 정점에 있는 자본의 문제를 다룬다. 이는 애니메이션의 반전과 연결된다. 애니메이션에서 반전은 석규의 정체가 밝혀지는 순간이다. 기웅이 혜선의 정보를 인터넷에 올리자, 석규의 지인이 석규에게 연락해서 혜선을 보았다고 알려준다. 기웅을 만난 석규는 자신이 혜선의 아

버지라며 혜선을 찾아 나선다. 이야기의 마지막에 이르러 혜
선과 기웅은 모델하우스에서 재회한다. 두 사람이 재회를 하
며 안도하는 사이 석규가 등장하는데, 이때 석규는 혜선에게
욕을 하며 다가간다. 혜선은 석규가 자신의 아버지가 아니라
자신이 있던 창녀촌의 포주였다는 사실을 밝힌다.

기웅은 자신이 위험한 행동을 했다는 사실을 깨닫고 석규
에 맞서지만 별 소용이 없다. 석규는 그에게 반항하는 기웅을
칼로 가볍게 죽인다. 공포에 질린 혜선은 모델하우스 한 편에
몸을 숨기지만, 발자국 때문에 금세 들키고 만다. 혜선을 쫓
는 석규는 혜선이 돌아갈 곳이 없다는 사실을 인지시킨다. 혜
선의 빚을 받아내기 위해 병든 아버지를 찾아갔지만, 시간을
달라고 했던 아버지는 도망가고 없었다는 것이다. 즉, 돈 때
문에 딸은 집을 나와야 했고, 그런 딸의 빚 때문에 아버지는
도망을 가야 하는 상황이 발생한 것이다.

애니메이션에서 좀비 바이러스가 부랑자와 같이 사회의 약
자를 중심으로 전파되는 양상을 보이는데, 이들은 대체로 경
제적으로 소외된 이들이다. 앞서 보았던 노숙자나 혜선의 경
우가 이를 잘 보여준다. 떠올려보면, 우리 사회에서 노숙자가
큰 문제로 제기된 시점은 1997년 외환위기 사태(IMF 사태)가 발
생한 이후이다. 즉 그들은 경제적으로 재기할 여력과 의지를
잃어버린 사람들이다. 혜선과 같이 창녀촌에서 몸을 팔 수밖
에 없었던 경우나 나이트 웨이터가 되면 잘 살 수 있다고 믿

는 기웅도 마찬가지이다. 경제적 어려움에 도움이 필요하지만, 제도적으로나 사회적으로 도움을 받을 수 없었던 이들은 열악한 상황으로 내몰리며, 한계에 달하면 병들 수밖에 없다. 그리고 그 병의 영화적 표현이 좀비라고 하겠다.

자본으로 인한 극단적 폐해는 석규를 통해 나타난다. 자본을 쫓아 인간성을 상실한 석규는 다른 의미에서 좀비와 다르지 않다. 포주인 석규는 혜선을 찾아 빚을 받아내기 위해서 위험을 무릅쓴다. 좀비와 대치해야 하는 극한의 상황 속에서도 돈을 벌고자 하는 그의 욕망은 사그라지지 않는다. 돈에 대한 욕망이 생존에 대한 공포를 앞서는 것이다. 애니메이션에서 소외된 이들이 경제적인 어려움으로 생존 문제에 빠질 때, 석규는 자본을 쫓아 생존을 건다. 사실 혜선은 마지막에 좀비에게서 탈출할 때 발을 물린 상태였다. 혜선의 상태를 알지 못하는 석규는 그녀를 찾아내어 강간을 시도하고, 좀비가 된 혜선은 석규를 물어뜯는다. 결국, 석규는 돈에 대한 욕심으로 좀비가 되고 만다. 극단적인 방식으로 자본의 논리에 따랐던 석규는 감염자가 되고, 그로 인해 다시 사회에서 통제되고 배제되어야 할 대상이 된다.

5) 거리의 정치, 연대가 필요하다

감염의 공포는 상대와의 거리에 따라 달라진다. 그러나 상대와 심리적으로 멀어진다는 것은 인간성의 상실과 다르지 않다. 그런 의미에서 현대 사회를 단면적으로 보여주는 자본과 공권력은 인간성의 상실을 내포하고 있다. 혜선과 좀비를 피해 도망치던 늙은 노숙자는 집에 가고 싶다는 혜선의 말에 자신은 갈 집이 없다고 말한다. 가장 가까운 이들과 편히 지낼 수 있는 집이 없는 이들에게 누가 인간다움을 강요할 수 있겠는가. 공포스러운 모습으로 인간을 물어뜯는 좀비는 인간성 상실을 시각화한 결과물이다.

결과적으로 좀비 바이러스는 자본이 가장 중요한 가치가 되어버린 현대 사회에서 권력의 지배 원리를 보여주는 상징이라고 할 수 있다. 애니메이션 <서울역>에서 경제적으로 어려움에 처한 소외된 사람들이 가장 쉽게 좀비로 변하지만, 사회 제도는 그들을 보호하지 않는다. <서울역>에서 그러한 사회 제도의 문제는 공권력의 특성을 통해 드러난다. 애니메이션 후반부에서 군인들이 시민들을 향해 총을 쏘는 장면은 지배 논리에 숨겨진 통제와 배제의 원리를 단적으로 보여준다.

오늘날 사회를 지배하는 공권력과 인간성을 상실하도록 만드는 자본은 하나로 이어져 있다. 지배 논리의 한계를 체감하고 사회의 부조리를 목격한 이들은 다양한 이유로 연대해왔다. 그때마다 공권력은 정상과 비정상의 기준으로 사회를 나누고 이들을 통제했다. 그 지배의 논리에는 공권력이 가진 시민의 분노와 연대에 대한 두려움이 깔려있다. 사회를 자신들에게 유리한 방식으로 유지하고자 하는 이들에게 사회적 모순을 바꾸려는 시민들의 연대는 감염병과 다르지 않다. 중요한 사실은 언제든 그 누구나 비정상의 범위에 놓일 수 있다는 데 있다. 따라서 지배의 논리와 소외의 문제를 의심하고, 소외된 이들에게 손 내미는 따뜻함이 필요하다.

제3장 나와 닮은 존재에 대한 공포

1. 통제력 너머의 상황에 대한 인정, 소설 『프랑켄슈타인』

1) 프랑켄슈타인=인조인간이라는 오해

프랑켄슈타인이라는 이름은 상당히 친숙하다. 그런데 프랑켄슈타인이 누구냐는 물음에 최초의 인조인간이라 대답하는 사람들이 많다. 이들은 창조자 프랑켄슈타인을 그가 창조한 인조인간으로 착각한다. 즉 인조인간에게 부여되지 않은 이름을 창조자의 이름으로 오해하고 있다.

이 오해만큼이나 사람들이 연상하는 인조인간에 대한 대다수 이미지는 원작과 무관하다. 거대한 머리, 툭 튀어나온 이마, 관자놀이에 튀어나온 나사못은 이 인조인간을 다룬 영화의 이미지에서 유래한다. 물론 이 이미지들이 원작소설과 다르다 하여 잘못되었다고 말할 수는 없다. 하지만 원작소설을 안다면, 최초의 인조인간에 대한 좀 더 입체적인 접근이 가능하지 않을까.

문학동네 한국어판 표지

메리 셸리의 『프랑켄슈타인』에는 두 개의 판본이 존재한다. 초판본은 1818년 익명으로 『프랑켄슈타인 혹은 현대의 프로메테우스』라는 제목으로 발표되었고, 개정판은 이를 대대적으로 수정해 메리 셸리 본인의 이름으로 1831년 출판되었다. 줄거리 차원에서는 큰 차이가 없지만, 이 두 판본은 사상이나 경향 측면에서 차이를 보인다.

논자들은 초판본에는 철학적 사색을 담은 경향이 강하지만, 개정판에는 이 철학적 사색을 최소화하는 대신 문학성을 가미했다는 사실을 지적한다. 이 글에서는 초판본을 대상으로 한 김선영의 번역본(2012년 출간된 문학동네 판본)으로 논의를 전개했다. 개정판이 지닌 한계에 대한 번역자의 지적(개정판은 메리 셸리의 원래 작품 구상과 심리적 거리가 존재한다)을 타당하다고 판단했기 때문이다.

메리 셸리의 원작소설은 다양한 차원에서 이해되었다. 어떤 이들은 이 작품이 처음으로 휴머노이드를 형상화했음을 지적한다. 이들은 이 작품이 카렐 차페크의 『R.U.R.』(1920), 아이작 아시모프의 『아이 로봇』(1941)으로 이어지는 '로봇' 개념의 원천을 제공했으며, 아이작 아시모프에 의해 제안된 로봇의 3원칙이 메리 셸리 소설에 등장하는 '괴물'이 창조자 프랑켄슈타인을 죽였다는 것에 대한 공포감을 해소하기 위해 고안된 것이라 간주한다. 또 다른 이들은 메리 셸리의 이력을 바탕으로 여성주의적 관점에서 이 작품을 이해해 보려는 시도를 감행했다. 그리고 가야트리 스피박처럼 탈식민주의의 시각에서 이 작품을 다루려는 시도도 있었다.

이러한 다양한 시도들은 이 작품이 다양한 의미를 내포하고 있음을 방증해 준다. 이들을 모두 다루는 것은 제한된 지면의 한계를 넘어선다. 따라서 이 글에서는 '포비아'에 대해 접근해 보겠다는 취지에 맞게 프랑켄슈타인이 창조한 '괴물'(작중에는 이 인물을 다양한 명사로 지칭한다. 즉 서술자인 프랑켄슈타인이 자신의 창조물을 어떤 심리로 바라보느냐에 따라 때로는 '창조물'로, 때로는 '악마'로 표현된다. 이 글에서는 혼동을 줄이기 위해 작품의 표현을 직접 사용해야 하는 경우가 아니라면 생명이 부여된 이후 처음으로 사용된 명사 '괴물'로 통일해서 표현해 나갈 것이다.)에게서 연상되는 공포의 요소를 중심으로 논의를 전개해 보도록 하겠다. 이를 통해 인간을 닮았으나 완전히 같지는 않은 휴머노이드가 인간과 흡사한 모습을 보일 때 느끼는 공포감에 대한 성찰이 가능할 것이기 때문이다.

2) 통제력 너머의 상황에 대한 공포

메리 셸리의 『프랑켄슈타인』은 이야기 속에 또 다른 이야 기가 삽입되는 형식으로 이루어져 있다. 일종의 액자소설 형 식을 취한다고나 할까. 작품의 구조를 좀 더 검토해 보면 이 야기를 전달해 주는 화자가 3명으로 이루어져 있음을 알 수 있다. 그리고 그 화자의 이야기는 일종의 층위를 이룬다. 우 선 로버트 월턴 선장은 누이인 새빌 부인에게 편지를 보내는 송신자이자, 소설 전체 내용을 구성하는 가장 바깥에 존재하 는 화자이다. 다음으로 월턴 선장에게 자신의 경험담을 전달 하는 빅터 프랑켄슈타인이 월턴 선장의 이야기 층위 내부의 화자이다. 마지막으로 괴물은 빅터 프랑켄슈타인의 이야기 속 에 들어와 자신의 경험을 서술하는 소설 속 가장 내부의 화자 이다. 이처럼 이 소설은 마트료시카(오뚝이처럼 생겨 큰 인형 안에 작은 인형이 존재하고 그 인형을 열면 그것보다 더 작은 인형이 존재하는 러시아 전통 인형)처럼 구성되어 있다.

이 세 가지 이야기 중 빅터 프랑켄슈타인을 화자로 한 이야 기가 소설의 가장 큰 부분을 차 지한다. 이는 소설 내에서 갈등 의 핵심이라 할 수 있는 프랑켄 슈타인과 괴물의 갈등을 프랑켄 슈타인의 시점에서 바라보도록

마트료시카

만든다. 이를 전제로 소설의 초반부에서 프랑켄슈타인이 괴물을 어떠한 존재로 바라보고 있는가를 살펴보자. 프랑켄슈타인은 북극 근처에서 로버트 월턴 선장의 도움으로 구조된다. 왜 이토록 먼 곳에 오게 되었느냐는 선장의 질문에 프랑켄슈타인은 "깊이 모를 어둠"의 표정을 지으면서 자신에게서 "도망친"(33쪽) 자를 찾으러 왔다고 대답한다. 즉 프랑켄슈타인은 괴물을 도망친 존재, 자신의 통제력을 벗어난 존재로 간주한다. 여기서 프랑켄슈타인이 괴물을 향해 그토록 혐오감을 투사하는 것의 이면에는, 그 괴물이 자신의 통제력을 벗어났다는 사실에 대한 공포감이 자리 잡고 있음을 알 수 있다.

프랑켄슈타인은 월턴 선장에게 자신의 과거를 토로한다. 프랑켄슈타인은 어린 시절 누구보다도 가깝게 지낸 두 사람, 의붓여동생(실은 외사촌이지만 고모가 죽고 입양됨)이자 약혼녀(죽은 어머니의 유언으로) 엘리자베트 라벤챠와 소꿉친구 앙리 클레르발에 대해 말한다. 그런데 프랑켄슈타인은 코르넬리우스 아그리파의 책을 읽고 불멸의 묘약에 관심을 돌린다. 누구와도 접촉하지 않은 채 편집증적으로 연구에 몰두하던 프랑켄슈타인은 그토록 원했던 생명을 불어넣는 방법을 발견하고, 삶과 죽음의 경계를 넘을 수 있다는 황홀경에 빠진다. 하지만 그것은 어린 시절 누구보다도 가까웠던 두 사람과의 관계도 소원해지게 만드는 결과를 낳았다.

이때 프랑켄슈타인은 이야기를 듣는 빅터 선장의 눈에서

자신과 같은 열망을 발견한다. 프랑켄슈타인은 이야기를 중단하고, 그러한 열망이 자신을 파멸로 이끌었으니 자신의 과거에서 교훈을 얻기를 바란다고 설파한다. 프랑켄슈타인은 본성이 허락하는 한계를 넘으려는 야심보다 고향을 온 세상으로 아는 사람이 더 행복하다고 단언한다. 과거의 이야기에서 현시점으로 돌아와 제기되는 이 경고의 메시지는 삶과 죽음의 경계를 넘으려는 프랑켄슈타인의 시도에 대해 비판적 거리감을 가질 수 있게 해 준다.

프랑켄슈타인은 죽은 육신에 새로운 생명을 주는 것이 인류에게 도움이 된다는 기대감으로 인간 창조를 수행한다. 이처럼 인류를 위한다는 정당성을 부여한 후 프랑켄슈타인은 자신의 목표 달성을 위해 공동묘지를 파헤치고 시체를 훼손하는 일도 서슴지 않는다. 그런데 이것은 "사랑하는 일에 몰두하는 예술가가 아니라, 평생 광산 노동이나 다른 불건전한 노동에 얽매이게 된 노예"(69쪽)가 된다는 불안감을 프랑켄슈타인이 가지도록 유도했다. 여기서 프랑켄슈타인의 연구가 오히려 그의 삶을 좀먹고 있음이 드러난다.

프랑켄슈타인은 무엇보다 아름다운 새로운 인간을 창조하려 했지만, 그 결과는 끔찍했다. "사지는 비율을 맞추어 제작되었고, 생김생김 역시 아름다운 것으로 선택"(71쪽)된 새로운 인간은 무척이나 기괴한 형상을 지니게 된다. 부분의 아름다움 각각의 종합이 좋은 결과로 이어지지는 않았다고나 할까.

그리하여 프랑켄슈타인은 자신이 제작한 이 새로운 인간을 처음 대면했을 때 '괴물'로 인식했다. 이를 통해 인간의 행동이 자신이 원하는 결과로 수렴되지 않는다는 사실이 폭로된다. 즉 프랑켄슈타인이 자신이 만든 제작물을 '괴물'로 지칭하는 장면은 인간의 행위가 그 의도로 완전히 귀결되지 않는 지점을 표현하는 것이자, 자신의 통제력을 벗어난 결과에 대한 두려움을 '괴물'이라는 혐오의 표현으로 대치시키는 것이라 할 수 있다.

프랑켄슈타인은 제작물이 자신의 의도와 괴리되었다는 혐오감 때문에 도망친다. 이러한 프랑켄슈타인의 행위는 괴물에게 소외의 감점을 가지게 했다. 생명이 부여된 후 괴물은 자신을 창조한 아버지로부터 버림받은 경험을 하게 된다. 괴물이 느낀 이 소외의 감정은 프랑켄슈타인의 어린 동생 윌리엄의 죽음을 이끈 계기로 작용하게 된다. 물론 작중에서 괴물이 윌리엄을 죽이게 된 것은 복합적인 동기가 얽혀 있다. 그런데 가장 결정적인 계기는 자신의 아버지가 프랑켄슈타인이라는 윌리엄의 말이었다. 그 말을 듣는 순간 괴물은 윌리엄이 자신을 버린 창조자의 동생이라는 사실을 깨닫게 되고, 창조자에 대한 분노가 폭발하여 윌리엄을 죽이게 된다. 이렇게 보면 사랑하는 가족을 잃은 프랑켄슈타인의 비극은 자신이 창조한 창조물에 대해 혐오감을 표현한 그 자신에게서 비롯되었다고 하겠다.

프랑켄슈타인이 자신의 파트너를 만들어달라는 괴물의 요구를 거절한 것도 그 이후의 결과를 자신이 통제할 수 없다는 사실과 연관되어 있다. 인간들에게 비난받으면서 인간과의 교류가 이제는 불가능하다고 판단한 괴물은 자신과 같은 존재를 만들어 달라고 요구한다. 이에 프랑켄슈타인은 괴물을 만든 창조자의 임무를 다한다는 생각에 그 요구를 일단 받아들인다. 괴물은 자신의 요구가 수용되면 인간세계에 등장하지 않고 조용히 살겠다고 약속하지만, 프랑켄슈타인은 그 약속이 이행되지 않을 가능성에 대해 생각하며 두려워한다. 프랑켄슈타인이 느끼는 이 두려움은 결국 괴물의 파트너를 만든 이후의 결과를 예측할 수 없다는 것에서 기인한다. 그리하여 프랑켄슈타인은 자신의 동료를 찾아온 괴물이 있는 앞에서 생명을 부여하는 마지막 단계를 수행하기를 거부하고, 그 창조물을 훼손함으로써 괴물의 욕망을 좌절시킨다. 이러한 프랑켄슈타인의 행위는 괴물의 분노를 자극했다. 그리하여 괴물은 프랑켄슈타인이 누구보다 사랑했던 이들, 특히 어린 시절 그의 행복감을 보장해 준 친구 앙리 클레르발과 약혼녀 엘리자베트 라벤차를 살해한다.

프랑켄슈타인은 자신이 사랑하던 이들을 모두 잃은 이후에야 자신이 창조한 결과가 자신의 의도에서 벗어날 수 있으며, 따라서 미지의 세계를 추적하겠다는 시도 자체가 그것을 자신의 통제 아래에 둘 수 있다는 오만한 태도에서 비롯된 위험한 행위임을 깨닫는다. 그리하여 프랑켄슈타인은 이야기의 가장 바깥에 존재하는 서술자인 월턴 선장에게 자신에게서 교훈을 얻으라고 충고한다.

이러한 프랑켄슈타인의 충고는 월턴 선장의 위험한 시도를 막을 수 있게 해 주는 계기로 작용한다. 월턴 선장은 "이제까지 기이한 예외로 간주 되던 현상들이 사실 얼마나 일관된 법칙"(18쪽)으로 구성되어 있는가를 밝히겠다는 야망을 소유하고 있다. 이러한 월턴 선장의 야망은 배를 움직이는 선원들의 안전에는 관심을 두지 않은 채 배를 북극으로 향하도록 만들었다. 프랑켄슈타인의 이야기를 들은 이후에야 월턴 선장은 자신의 야망이 프랑켄슈타인의 그것과 비슷하다는 사실을 깨닫게 된다. 이를 통해 월턴 선장은 세계를 자신의 통제력에 가두려는 태도의 위험성을 자각하고 북극으로 향하려는 여행을 멈추고 돌아간다. 이처럼 이 소설은 프랑켄슈타인의 이야기 바깥에 월턴 선장의 이야기를 배치하는 구조, 즉 액자소설을 삼중으로 구성하는 마트료시카의 구조를 통해 인간의 통제력이 미치지 않는 미지의 영역을 인정해야 함을 강조한다. 이 소설이 구조적 차원에서 지니는 함의는 이러한 미지의 영역 혹은 타자라 불릴 수 있는 것에 대한 인정에서 비롯된다고 하겠다.

3) 나와 다른 존재에 대한 공포

『프랑켄슈타인』은 프랑켄슈타인의 이야기이자 프랑켄슈타인에 의해 만들어진 '괴물'의 이야기이다. 즉 이 소설은 '괴물'이 자신을 향한 세계의 폭력에 폭력으로 맞서는 이야기이기도 하다. 이를 드러내기 위해 이 소설은 프랑켄슈타인에게 자신의 이야기를 들려주는 '괴물'의 목소리를 구현했다. 소설의 가장 깊은 층위에 존재하는 이 부분은 괴물이 사람들에게 어떻게 소외되어 갔는가를 표현해내고 있다.

생명이 부여된 이후 '괴물'은 창조자인 아버지가 자신을 버렸다는 사실을 처음으로 마주하게 된다. 추위를 피해 내려간 마을에서도 괴물은 사람들의 공격을 받는다. 마을 사람들을 피해 숨어든 오두막에서 괴물은 인간의 언어와 학문을 배우고, 오두막 사람들(드 라시, 펠릭스, 사피, 아가타)을 통해 공동체에서 나누는 사랑스러운 교제의 아름다움을 발견하며, 인간의 교양과 고귀한 품성의 가치에 매료된다. 이 경험은 '괴물'로 하여금 오두막 사람들의 일원이 되어 그들과 교제를 나누고 싶다는 욕망을 가지게 만든다. 하지만 '괴물'은 투명한 물웅덩이에 비친 자신의 모습이, 인간과 다른 '괴물'로 나타난다는 사실을 깨닫게 된다. 즉 '괴물'은 자신을 향한 인간들의 폭력이 자신의 기괴한 형상 때문임을 자각하게 된다. 여기서 괴물을 향한 인간들의 폭력이 인간과 비슷하면서도 '다른' 형상에 대한 공포, 즉 인간을 닮았으나 완전히 같지는 않은 휴머노이드적 존재의 '외형'에 기초해 있음을 확인할 수 있다.

인간들이 자신을 향해 느끼는 공포의 감정이 그들과 다른 외형이 있다는 사실을 자각한 이후에도, '괴물'은 인간들과 교류하고 싶다는 욕망을 포기하지 않는다. 오두막집에 사는 사람들이라면 자신을 향해 폭력을 행사하지는 않으리라는 '괴물'의 희망이 이를 잘 보여준다. '괴물'이 오두막 식구들 몰래 땔감을 갖다 놓는 우렁이 각시를 자처하는 것도 이 때문이다. 그런 희망감을 품고 '괴물'은 시력을 잃은 노인 드 라세를 찾아간다. 그리하여 노인의 친구가 되었다고 생각한 순간, 오두막집 문이 열리고 펠릭스, 사피, 아가타가 들어오면서 그의 욕망은 좌절된다. 아가타는 기절하고, 사피는 도망쳤으며, 펠릭스는 '괴물'과 드 라사 사이를 떼어놓는다. 고결한 영혼을 가진 오두막집 사람들이라면 자신의 외향에 대해 편견 어린 공포의 시선을 보이지 않으리라는 '괴물'의 기대는 한순간에 무너지고 만다. 이 경험은 '괴물'로 하여금 더 큰 절망감에 빠지도록 만든다.

이처럼 '괴물'은 인간들로부터 철저히 버림받는다. '괴물'은 자신이 가장 동경했던 이들인 오두막집 가족들로부터 가장 잔인한 폭력의 행사를 경험했다. 이 폭력 이후 '괴물'은 오두막집을 불태운다. 그럼으로써 '괴물'은 인간과 교류하겠다는 희망을 포기한다. 그런 점에서 이 장면은 인간과 흡사한 괴물이

영화 〈프랑켄슈타인〉 포스터(1931)

인간적 욕망을 보일 때 인간들이 깊은 공포에 휩싸여 이를 철저히 거부하게 된다는 사실을 단적으로 드러내고 있다. 그리고 이러한 인간의 공포는 인간과 같지 않은 괴물의 '외양'에 기초하고 있음을 표출해 내고 있다. 영화 〈프랑켄슈타인〉 (1931, 제임스 웨일 감독)은 원작소설에서 드러나는 인간의 공포가 이처럼 인간과 비슷한 존재의 '외양'에 기초한다는 사실에 착안해 '괴물'을 시각적으로 표현했다. 그리하여 영화 〈프랑켄슈타인〉은 괴물의 이미지를 구축할 때 거대한 머리, 툭 튀어나온 머리, 관자놀이에 튀어나온 나사못 이미지를 사용했다. 이렇게 보면 우리에게 익숙한 '괴물'의 이미지는 원작소설에 나타난 '괴물'의 공포 이미지의 연원을 극대화하기 위한 것이라 할 수 있다.(물론 원작소설은 '괴물'의 시점에서 자신이 당한 고통을 표현한다. 그럼으로써 원작소설은 괴물의 '외양'보다는 그것 때문에 발생하게 되는 괴물의 '고통'을 드러내는 데 주력한다.)

'괴물'은 사람들과 다른 흉측한 외모 때문에 동네 사람들에게 쫓겨나고, 그토록 믿었던 오두막 식구에게 배척받는다. 심지어 창조자이자 아버지인 프랑켄슈타인 역시 그를 '괴물' 혹은 '악마'로 규정하고, 공포와 멸시로 가득한 시선으로 그를 바라본다. 그런데 '괴물'을 향한 사람들의 폭력은 '괴물'로 하여금 자신이 받은 폭력을 되돌려주는 진짜 '괴물'로 만들도록 유도한다. '괴물'이 오두막집을 불태운 것은 오두막집 사람들에게 배척받았다는 사실 때문이고, 윌리엄을 죽인 것은 자신을 버린 창조자 프랑켄슈타인의 동생이라는 사실 때문이라는 것에서 이를 확인할 수 있다.(물론 윌리엄을 살해한 죄를 하녀 유스틴에게 돌린 것은 자신에게 폭력을 행사한 인간들에게 폭력으로 되돌려주는 행위로 규정할 수 없다. 이에 대해서는 별도의 논의가 필요하다.)

따라서 다음과 같이 말할 수 있을 것이다. 원작소설에서 '괴물'이 인간에게 위협적인 존재가 된 것은 '괴물' 자체에서 유래한다기보다는 '괴물'을 향해 공포의 감정을 느끼고 그에게 폭력을 행사한 인간들에 의한 결과라고 말이다. 인간은 인간을 닮은 존재가 자신에게 다가오는 것에 공포감을 느낀다. 이것이 인간과 유사한 존재에 대한 혐오의 감정을 추동한다. 결국 인간은 자신을 닮은 '괴물'을 향해 폭력을 행사한다. 이러한 인간의 폭력이 인간과 유사한 존재인 '괴물'로 하여금 인간들의 폭력을 폭력으로 돌려주는 '괴물'이 되게 만들었다.

이처럼 원작소설은 타자를 향해 폭력을 행사하고 타자의 세계를 심판하려는 인간들이 가진 욕망의 근원을 성찰한다. 자신을 닮은 타자를 향한 인간의 폭력에는 그들이 가까이 올

때 자신의 세계가 예측 불가능한 영역으로 들어선다는 것에 대한 두려움이 내재해 있다. 만약 오두막 가족이 '괴물'이 내민 손을 잡았다면 소설은 어떻게 전개되었을까? 만약 프랑켄슈타인이 '괴물'의 요청을 받아들였다면 어떻게 되었을까? 물론 그 결과는 알 수 없다. 프랑켄슈타인이 고민했던 것처럼, 두 명의 '괴물'을 통해 탄생한 '괴물 사회'가 인간 사회와의 전쟁을 선포하고, 프랑켄슈타인 개인이 아닌 인간 사회 전체를 향해 폭력을 행사했을 수도 있다. 하지만 이 예측 불가능한 영역에 대한 두려움을 폭력으로 처리해야 했을까에 대해 원작 소설은 질문을 제기한다. 그런 점에서 이 소설의 가치는 나와 다른 존재가 나의 영역에 온전히 포섭될 수 없는 '타자'임을 인정하려는 것에 있다 하겠다.

4) 교섭의 가능성을 열어두기

메리 셸리의 『프랑켄슈타인』은 빅터 프랑켄슈타인의 모습을 통해 생명의 문제 같은 인간의 영역을 벗어날 수 있는 것까지 정복하려는 시도가 지닌 위험성을 경고한다. 그럼으로써 이 소설은 인간의 통제력 너머에 있는 세계를 인정하는 것이 필요하며, 더 나아가 그것을 '미지'의 영역으로 두는 태도가 필요함을 역설한다. 미지의 세계를 밝히려는 빅터 프랑켄슈타인과 월턴 선장을 소설의 화자로 공존시키고, 둘이 다른 길을 걸어가는 모습을 조명한 것은 이 때문이다. 빅터 프랑켄슈타인은 이 미지의 영역을 밝히려는 시도를 감행하다 파멸했지만, 월턴 선장은 북극을 정복하겠다는 야심을 꺾음으로써 파멸을 면한다. 이처럼 메리 셸리의 원작소설은 내가 통제할 수 없는 세계를 인정하라고 말한다.

원작소설은 또한 '괴물'을 화자로 설정함으로써 괴물에 대한 인간들의 공포가 그의 흉측한 외모에서 기초한다는 사실을 조명한다. 나와 비슷해 보이는 존재가 나에게 다가오는 것에 대한 두려움이 폭력을 낳고, 그것이 결국 화해 불가능한 사태를 초래하게 된다. 이러한 메커니즘에 대한 해부야말로 이 소설이 지닌 강점이라 하겠다. 어쩌면 휴머노이드에 대한 공포는 이 소설 속에 묘사되고 있는 것처럼 휴머노이드가 기계 이상으로 인간에 가까운 존재가 되지는 않을까 하는 점에서 유래하는 측면이 강하다. 그러나 이러한 두려움이 폭력으로 발전한다면, 괴물이 인간에 대한 분노를 증식시켜 더욱 강력한 괴물이 되었던 것과 같은 결과를 초래할 수 있다. 따라서 현재 우리에게는 공포에 사로잡혀 있는 상태를 넘어, 나와 닮은 존재와 교섭해 보려는 시도가 필요하지는 않을까.

2. 야만인에 대한 포비아 성찰, 소설 『드라큘라』

1) 뱀파이어의 원형

『드라큘라』 한국어판 표지

드라큘라는 호러물에서 가장 대중적인 캐릭터 중의 하나이다. 1897년 브램 스토커의 원작소설 『드라큘라』(이 글은 이세욱이 번역했고 2000년 개정된 열린책들 판본을 텍스트로 선정해 논의를 전개했다.)가 출간된 이래 다양한 버전의 영화, 드라마, 뮤지컬 등이 드라큘라를 다뤄 왔기 때문이다. 원작소설을 모르는 사람도, 심지어 드라큘라가 등장하는 대중 서사물을 보지 않은 사람도 드라큘라에 대한 기본적인 지식은 알고 있다. <뱀파이어와의 인터뷰>(앤 라이스 원작, 닐 조던 감독, 1994.), <트와일라잇>(스테프니 메이어 원작, 캐서린 하드윅 감독, 2008.)처럼 드라큘라 이외의 뱀파이어를 다룬 작품들도 존재하지만, 사람들 대부분은 뱀파이어라고 하면 제일 먼저 드라큘라를 연상한다. 뱀파이어에 대한 이미지 다수가 드라큘라에서 나오고 있다고나 할까. 실제로 브램 스토커의 원작소설 이전에도 뱀파이어를 다룬 작품들이 존재했지만, '뱀파이어에게 물리면 뱀파이어가 된다.' 같은 유명한 대중적 클리셰 내지 관습은 이 작품에서부터 유래했다. 그런 점에서 브램 스토커의 『드라큘라』는 뱀파이어 문학의 원형을 제공한다.

그런데 그 유명세에도 브램 스토커의 원작소설 『드라큘라』에 대해서는 잘 모르는 경우가 많다. 드라큘라에 대해 떠올릴 때 연상되는 다수의 이미지는 원작소설보다는 이를 각색한 영화에서 유래한다. 이 글에서는 브램 스토커의 원작소설 『드라큘라』에서 드라큘라가 어떠한 점에서 공포의 대상으로 다뤄지는지를 중점적으로 살펴볼 것이다. 그리고 필요한 경우 이를 각색한 작품과의 비교를 시도할 것이다. 원작소설은 소설이 창작된 19세기 후반 당시 유럽의 변방이라 할 수 있는 트란실바니아의 영주 드라큘라가 당대 문명의 최첨단 영국으로 오면서 발생한 사건을 문명인의 시각에서 다루고 있다. 이런 점에서 원작소설에 대한 논의는 후진국의 사람 내지 야만인에 대한 포비아가 어떻게 작동하는가를 생각해 볼 수 있게 해 준다. 이것이 바로 이 글에서 원작소설에 대해 접근해 보려는 이유이다.

2) 문명의 바깥에서 오는 침략의 공포

원작소설은 크게 두 부분으로 나뉜다. 작품의 초반부는 드라큘라 백작인 성인 트란실바니아를 배경으로 하며, 후반부는 영국을 주요 배경으로 하고 있다. 작품 전체에서 5분의 1도 안 되는 분량을 차지하는 초반부는 조나단 하커를 화자로 설정하여 드라큘라의 정체를 조금씩 드러낸다. 그럼으로써 드라큘라가 지닌 공포의 속성에 다가서도록 만든다. 드라큘라 백작은 영국으로 이주하기 위해 변호사 피터 홉킨스를 고용했고, 조나단 하커는 피터 홉킨스의 대리인 자격으로 드라큘라 성으로 향한다. 즉 조나단은 업무상의 이유로 드라큘라 성을 방문했다.(이 때문에 조나단은 드라큘라의 요구를 거절하기 힘든 위치에 있었고, 드라큘라는 이를 이용해 조나단을 붙잡아 둔 채 영국으로 이주하는 데 필요한 정보를 획득해 나간다.)

소설 초반 조나단은 아직 여행해보지 못한 동유럽의 지역들을 호기심 어린 눈으로 관찰한다. 그러면서 자신이 "유럽에서 가장 황량하고 후미진 곳"(10쪽)에 왔음을 토로한다. 이처럼 조나단의 시선 이면에는 자신이 여행한 지역을 야만의 공간으로 바라보는 태도가 존재한다. 이런 조나단의 시각은 동유럽의 주민들이 우스꽝스러운 복장을 하고 있다고 판단하게끔 유도한다. 잘 알지도 못한 자신을 향해 경고의 메시지를 보내는 것에서 그들의 따뜻함을 감지하지만, 조나단은 그들의 경고를 기묘한 것으로 간주한다. 그리하여 차마 거절하지는 못했지만, 동유럽 사람들이 자신을 지켜줄 것이라며 십자가, 마늘, 들장미를 건네주는 것을 문명인이 아닌 관습으로 치부

한다. 이를 '미신'이라 판단하고, 백작을 만나면 이러한 관습에 관해 물어보겠다고 기술한 것에서 이런 태도를 발견할 수 있다.

작품이 전개되면서 조나단은 드라큘라 백작의 실체에 접근한다. 조나단은 드라큘라가 무서울 정도로 힘이 세고, 동물을 조종하며, 거울에 비치지 않고, 절벽을 마음대로 이동한다는 사실을 발견한다. 드라큘라가 햄릿의 유령처럼 밤에만 나타나는 데 의구심을 가지던 조나단은 마침내 그가 뱀파이어라는 사실을 깨닫게 된다. 조나단은 자신을 가둔 드라큘라의 경고를 무시하고 싶다는 쾌감에서 자신에게 허락되지 않은 여인의 공간에서 낮잠을 자다가 밤이 되어 세 명의 여인을 만난다. 그들 중 한 명이 조나단에게 다가와 흡혈을 시도하려다가 드라큘라의 저지로 실패한다. 이 경험을 통해 조나단은 드라큘라 백작과 세 명의 여인이 뱀파이어이며, 드라큘라 백작이 저지하지 않았으면 자신 역시 흡혈 되어 그들과 같은 존재가 될 수 있었음을 알게 된다. 이를 깨달은 후 조나단은 작품 초반에 보이던 호기심의 태도를 버리고, 드라큘라 백작의 성에 있는 인물들에게 희생될 수 있다는 공포감에 휩싸이게 된다.

이후 조나단은 탈출을 시도한다. 성에서 도망치기 위해 드라큘라가 잠든 관을 열고 열쇠를 뒤지던 조나단은, 드라큘라가 젊음을 되찾은 모습을 발견한다. 이에 대해 조나단은 "너무 배가 불러 움직일 수조차 없게 된 추악한 거머리"(95쪽)와 같다면서 노골적인 혐오감을 드러낸다. 그러다가 조나단은 자신이 이처럼 무시무시하면서도 혐오스러운 존재가 영국에 이주할 수 있도록 도왔다는 사실을 깨닫는다. 이를 저지해야 한다는 생각으로 조나단은 삽자루로 드라큘라의 머리를 치지만, 그 시도는 이마에 깊은 상처를 남기는 데 그침으로써 드라큘라를 파멸에 이르게 하는 데 실패한다. 이에 대한 절망감을 표현하는 것으로 원작소설의 전반부라 할 수 있는 조나단의 일기는 끝이 난다.

이처럼 원작소설은 작품의 초반부를 통해 드라큘라가 가공할 만한 힘을 지닌 존재라는 사실을 노출한다. 그럼으로써 드라큘라가 어떤 점에서 공포를 유발할 수 있는가를 실감하게 해 준다. 이는 드라큘라 성을 방문해 드라큘라를 면대한 인물이 조나단으로 한정되어 있다는 사실과도 연관된다. 그런 점에서 조나단의 일기로 이루어진 원작소설의 초반부는 독자들에게 드라큘라의 실체에 접근할 수 있게 해 주는 동시에, 드라큘라를 공포의 대상으로 느끼도록 유도한다. 여기서 조나단이 공포의 대상으로 향할 수 있게 해 주는 최초의 희생자이자 안내자의 역할을 부여받았다고 말할 수도 있다.(조나단에게 부여된 이 역할은 다양한 공포물에서 활용되는 최초 희생자에게 부여된 역할과도 중복된다. 그런 점에서 브램 스토커의 『드라큘라』의 초반부는 공포소설의 장르적 문법을 형성하게 해 주었다고도 볼 수 있다.)

원작소설에서 드라큘라가 지닌 공포의 성격은 그가 가지고 있는 '월등한' 힘에 기초해 있다. 이 힘은 드라큘라가 인간이 아닌 뱀파이어로 형상화되어 있다는 것과 연관된다. 그런데 원작소설은 이러한 드라큘라에게 훈족의 이미지를 부여한다. 조나단이 트란실바니아의 역사에 대해 드라큘라에게 질문하자, 드라큘라는 '우리'라는 표현을 사용해 그 역사 속에 자신이 존재하고 있는 것처럼 표현한다. 드라큘라는 자신에게 위구르족을 물리친 위대한 훈족의 피가 흐르고 있음을 강조한다. 이때 드라큘라는 패전으로 몰락한 가문을 재건한 드라큘라의 행위를 묘사하는 데 집중한다. 드라큘라는 병사들이 추풍낙엽처럼 쓰러져 혼자서 전쟁터에서 돌아오게 되는 상황을 겪었지만, 그 인물이 "자기 혼자서 승리할 수 있다고 믿었기 때문에, 가고, 다시 가고, 또 갔소."(57쪽)라며 그 불굴의 의지에 대해 찬사를 보낸다. 원작소설은 반 헬싱을 통해 드라큘라의 정체를 밝힐 때 이 구절을 반복하고, 드라큘라가 강조해 묘사한 인물이 바로 작품 내에서 뱀파이어로 활동하고 있는 그 존재임을 드러낸다. 또한 이 장면에서 반 헬싱은 이 인물의 이력을 통해 드라큘라를 트란실바니아인들 중 "가장 용감하고 가장 총명하며 가장 교활한 자"(433쪽)라고 평가한다. 이처럼 원작소설은 드라큘라를 정복 민족의 한 사람이라는 사실을 노출하고, 그들 중에서도 가장 위험한 존재임을 부각한다.

뮤지컬 〈드라큘라〉(2020) 조나단 역 이충주

　여기서 다음과 같은 추론이 가능하다. 드라큘라에게 부여된 공포의 이미지는 훈족으로 지칭된 이들이 근대 문명의 첨단을 위협할 수도 있다는 것에 대한 두려움의 표현이 아닐까. 물론 '훈족'은 이란계 유목민, 튀르크계 유목민 등을 가리킬 수도 있다. 그런데 원작소설의 첫 부분에서 조나단 하커는 드라큘라 백작의 성으로 향하는 여정을 "서양을 떠나 동양에 들어왔다는 느낌"(9쪽)이라고 표현하고 있다. 이 표현은 소설의 화자들이 거주하는 영국을 '서양'으로, 그 영국에 온 침입자 드라큘라가 거주하는 트란실바니아를 '동양'으로 간주하게끔 유도한다. 그렇다면 '동양'으로 지칭되는 이들이 문명국인 자신들에게 '정복'이라는 형태로 위협을 가할 수 있다는 두려움, 그 두려움이 "인간 늑대"이자 "정복 민족"이며, "물도 흐름을 멈출 때가 있는데, 저놈들은 잠도 없다"(56~57쪽)라는 자기 과거에 대한 드라큘라의 표현으로 형상화된 것은 아닐까.

이러한 공포의 힘은 조나단 하커로 하여금 생각의 전환을 가져오도록 만들었다. 드라큘라 성에 들어가기 전 조나단은 자신을 위해 동유럽 사람들이 건넨 십자가, 마늘, 들장미 같은 것들을 '우상 숭배'라 간주하면서 그것을 '미신'의 영역으로 돌린다. 그런데 드라큘라 성에 머무르면서 조나단은 자신이 '미신'으로 간주한 것들 때문에 드라큘라 성에 있는 뱀파이어들로부터 보호를 받았다는 사실을 깨닫게 된다. 여기서 문명국 대영제국의 변호사라는 조나단의 지위는 격하된다. 문명국의 일원이 '미신'의 영역으로 간주한 동유럽의 관습들이 드라큘라와 같은 문명국 바깥 존재의 위협으로부터 오는 공포를 극복할 수 있게 해 준다. 이처럼 브램 스토커의 소설『드라큘라』는 조나단 하커를 화자로 설정한 초반부를 통해 문명국의 주체가 느낀 유럽 내부의 후진국에 대한 공포감을 극대화하고, 이를 통해 문명의 힘으로는 완전히 포착할 수 없는 후진국이라는 타자를 표현했다.

3) 타자기를 활용한 대항의 연대기

조나단 하커의 경험담 이후, 소설의 무대는 영국으로 이동해 미나 머레이와 루시 웨스탄라의 안부 편지로 시작한다. 미나는 루시에게 약혼자 조나단의 귀국 소식(실은 드라큘라의 협박으로 작성된 편지)을 전달하고, 루시는 정신병원장 존 수어드, 미국인 모험가 퀸시 모리스, 귀족 아서 홈우드의 청혼을 동시에 받았고, 아서의 청혼을 승낙했다는 답신을 보낸다. 그런데 이 두 여인의 편지 속 인물들은 이후 소설에서 중요한 역할을 하게 된다. 루시는 드라큘라에게 흡혈 당해 뱀파이어가 되고, 다른 인물들은 드라큘라의 대항자가 된다. 여기에 드라큘라 대항 세력의 핵심 지도자 아브라함 반 헬싱이 추가된다.

무대가 영국으로 이동한 후 소설은 일단 루시를 중심으로 전개된다. 루시는 몽유병 증상이 발작해 돌아다니다 드라큘라에게 흡혈 당한다. 흡혈 이후 쇠약해진 루시의 증세를 확인하기 위해 존 수어드는 스승인 반 헬싱에게 도움을 요청하고, 반 헬싱은 루시의 증상이 뱀파이어에게 흡혈 당한 것 때문이라는 사실을 파악한다. 반 헬싱은 루시가 죽어서 뱀파이어가 되는 것을 막으려 하지만 그의 시도는 좌절되고, 루시는 죽어서 뱀파이어가 된다. 이 부분까지는 드라큘라의 힘이 작품 속의 인물들을 압도하는 것으로 나타나고, 반 헬싱을 제외한 인물들은 드라큘라의 정체를 알지 못한 채 의혹 속에서 헤매는 것으로 나타난다.

루시의 죽음 이후 원작소설은 반 헬싱을 중심으로 전개되며, 이때부터 드라큘라에 대항하는 연대기가 구성된다. 반 헬싱은 한편으로는 드라큘라에 대한 정보를 수집하고, 다른 한편으로는 드라큘라에 함께 대항할 동료들을 규합한다. 반 헬싱은 드라큘라에 대한 정보를 찾다 루시의 흡혈을 목격한 미나를 만난다. 반 헬싱은 이 만남을 통해 루시가 습격당했을 때의 기록뿐만 아니라 미나의 남편 조나단(이 시점에서 조나단은 드라큘라 성을 탈출해 미나와 결혼했다)이 드라큘라 성에서 겪은 일을

영화 〈반 헬싱〉(2004) 포스터

타자기로 정리한 문서도 확보하게 된다. 그리하여 반 헬싱은 드라큘라에 대한 정확한 정보를 획득하고, 조나단의 경험을 사실로 보증한다. 그리하여 조나단의 경험이 사실인지에 대한 의혹 때문에 주저하던 미나와 조나단은 드라큘라 대항 세력에 참여하게 된다. 또한 반 헬싱은 신문에 등장한 어린아이들을 흡혈한 여자가 루시임을 아서, 존, 퀸시에게 증명한다. 루시에게 청혼한 이 세 남자는 자신이 사랑했던 여자가 혐오스러운 뱀파이어가 된 것에 경악하고, 루시에게 참된 안식을 주자는 반 헬싱의 말에 동조해 루시에게 말뚝을 박는 일에 동참한다. 그럼으로써 루시에게 청혼한 세 남자는 드라큘라 대항 세력에 합류한다.

　이처럼 반 헬싱은 드라큘라를 저지하는 세력의 중심에 있다. 영화 <반 헬싱>(스티브 소머즈 각본 및 감독, 2004)을 위시한 다양한 대중 서사에서 드라큘라의 대항자로 반 헬싱이 제시되는 것도 이런 사실에 기초한다. 그렇다면 반 헬싱은 무엇을 주요한 대항 수단으로 활용하는가. 드라큘라 대항 세력이 모인 첫 회의 때 반 헬싱은 드라큘라의 실체에 접근하려면 미신과 전설들에서 찾아야 한다고 말한다. 이는 일견 19세기 과학적 성과를 무시하는 것처럼 보인다. 그런데 좀 더 섬세히 고찰해 보면 반 헬싱에게는 문명인의 시각이 전제되어 있음을 알 수 있다. 반 헬싱은 "열린 마음을 잃지 않도록 스스로 채찍질"(426쪽)해서 드라큘라에 대해 접근할 수 있었다고 주장한다. 즉 반 헬싱은 문명인에게 요구되는 객관적 태도로 드라큘라의 실체에 다가갔던 것이다. 반 헬싱이 드라큘라에게 대항하는 도구로 내세운 십자가, 말뚝, 마늘 역시 뱀파이어로 변한 루시를 통해 그 효과가 증명된 것들이다. 이처럼 드라큘라에 대한 반 헬싱의 대항은 과학적 태도에 입각해 있다.

　과학적 태도로 드라큘라에게 대항한다는 것은 이 작품이 지닌 형식적 특징에서도 드러난다. 원작소설은 다양한 인물들이 드라큘라에 대해 남긴 정보를 모은 기록의 집적물로 구성되어 있다. 조나단 하커의 속기록 일기는 드라큘라 성에서의 경험과 관련된 정보를 담고 있으며, 존 수어드의 축음기 일기는 드라큘라의 런던 부하인 정신병자 렌필드에 대한 정보와 뱀파이어로 변모한 루시를 처단한 사건을 담고 있다. 또한 미나가 스크랩한 신문 기사는 드라큘라가 런던으로 이동할 때 이용한 데메테르 호의 비극을 담고 있다. 이 기록물들은 속기술, 축음기, 인쇄 매체라는 문명의 산물들의 도움을 받아 작성되었다. 미나는 드라큘라에게 대항하는 이들을 위해 이 기록들을 타자기로 정리했다. 여기서 이 소설은 형식적 타원에서 타자기라는 근대적 매체로 정리한 자료의 축적물로 구성된 것임이 드러난다. 게다가 이 정리는 드라큘라에게 대항하는 연대기를 구성하려는 목적을 전제로 한다. 따라서 이 소설은 형식적 차원에서 문명인의 시각에서 자신을 향해 들어오는 외부인들, 특히 드라큘라로 표상된 '훈족'이라는 문명 바깥의 타자에 대항하는 구조를 취한다고 하겠다.

4) 흡혈로 은유된 성적 매혹이라는 압도적인 힘

브램 스토커의 『드라큘라』는 드라큘라가 파멸함으로써 문명인의 승리로 끝난다. 미나는 드라큘라에게 흡혈 당했지만, 자신을 감염시킨 드라큘라가 자신보다 먼저 죽음으로써 구원을 얻게 된다. 드라큘라의 대항자들은 마지막 사투 때 드라큘라의 하수인에게 죽임을 당한 퀸시의 이름을 조나단과 미나 사이에 태어난 아들에게 부여함으로써 승리를 기념한다.

그런데 문명인의 승리를 기념하는 이 작품의 곳곳에는 흡혈의 이미지를 사용해 드라큘라의 힘을 묘사함으로써 문명인의 승리로 귀결되지 않는 다른 의미를 전달해 준다. 흡혈 당한 이들을 지배할 수 있는 뱀파이어의 이 힘은 일종의 성적 매혹으로 형상화된다. 드라큘라 성에서 조나단은 여성 뱀파이어가 다가올 때, 나중에 미나가 자신의 기록을 읽은 후 받을 고통을 고민하면서도 그녀가 자신을 향해 키스해 주었으면 좋겠다는 불순한 욕망을 품는다. 루시가 인간으로 죽음을 맡기 직전 뱀파이어의 본성이 발휘되어 아서를 유혹할 때, 아서는 그 유혹에 넘어간다. 만약 반 헬싱이 제지하지 않았다면 아서 역시 루시와 같은 뱀파이어로 전락했을 것이다. 이런 사실들에 비추어 볼 때, 뱀파이어로 변모한 루시에 대한 존 수어드의 혐오감 역시 이 성적 매혹에 대한 두려움에 기초해 있다. 그렇기에 존 수어드는 "피로 얼룩진 육감적인 입술"(387쪽)이 육욕으로 가득 차 있다고 발화했던 것은 아닐까.

이런 사실은 드라큘라가 흡혈한 대상을 정신적으로 지배한다는 것과도 연관되어 있다. 원작소설을 보면 드라큘라의 흡혈 대상은 여성으로 한정되어 있다. 드라큘라는 자신의 성에 방문한 조나단을 그대로 둔 채 영국으로 떠난다. 영국으로 향하는 배에 대한 기록을 남고 있는 선장의 기록에도 선원들의 죽음은 바다에 빠져서이지 드라큘라의 흡혈 때문이 아니다. 이미 뱀파이어가 된 드라큘라 성의 세 명의 여인, 조나단이 드라큘라 성에서 본 젊어진 모습 등을 통해 다른 희생자들의 존재 가능성을 추정해 볼 수는 있으나, 작중에서 드라큘라가 흡혈을 시도했다고 직접적으로 서술된 인물들은 루시와 미나로 한정된다. 드라큘라는 영국에 와서 흡혈한 이 여성들에 대해 정신적인 지배력을 행사함으로써 남성으로서 가진 자신의 힘을 입증한다.

드라큘라는 흡혈을 통해 루시와 미나에 대한 자신의 지배력을 확대해 나간다. 드라큘라에게 흡혈 된 이후 루시는 점차 드라큘라에게 지배당한다. 그리하여 루시는 몽유병이 발작된 상태에서 박쥐로 변모한 드라큘라를 맞이하고, 잠을 잘 때 드라큘라의 침입을 저지하는 마늘꽃을 치우려 한다. 이는 루시가 뱀파이어가 되는 것을 저지하려는 반 헬싱의 시도를 실패로 돌아가게 만든다. 드라큘라에 대한 증오감을 가진 미나 역시 흡혈 이후 그에 대한 저항감을 잃었음을 발견한다. 반 헬싱은 미나의 머리에 성채의 빵을 갖다 댐으로써 드라큘라의 지배력을 억제하려 하지만, 그 이후에도 미나는 드라큘라에게 정신적으로 지배당하려는 모습을 보여준다.

작품 속에서 직접적으로 등장하지는 않지만, 드라큘라가 지닌 이 매혹의 힘은 드라큘라에 대한 대중 서사의 주요한 모티프가 된다. 특히 영화 <브램 스토커의 드라큘라>(프랜시스 포드 코폴라 감독, 1992)는 이를 적극적으로 활용하여 미나가 결국 드라큘라의 유혹에 넘어갔다고 묘사한다. 원작소설의 미나는 드라큘라의 이 지배력을 역이용해 결정적인 승리를 거둘 수 있

영화 〈브램 스토커의 드라큘라〉(1992)
포스터

게 도움을 주었다. 하지만 〈브램 스토커의 드라큘라〉의 미나는 자살한 드라큘라의 아내의 환생자로 설정되어, 드라큘라의 매력에 이끌려 드라큘라를 사랑하게 되고, 남편인 조나단을 배신한다. 그런데 원작소설의 배반처럼 보이는 이 설정 역시 원작소설에서 흡혈이 가진 '성적 매혹'에 기초한다는 점에서 원작소설의 완전한 이탈이라 보기는 어렵다.

이처럼 드라큘라의 흡혈에는 성적 이미지가 부여되어 있다. 그런데 이것은 작품 속 화자의 대다수를 차지하는 영국 남성에게는 결여된 것이다. 이를 인정하면 자신들의 나약함을 그대로 표출하는 결과를 초래할 수 있다. 그리하여 원작은 드라큘라가 가진 강한 힘을 표현할 때 드라큘라의 흡혈 이후 여성이 그에게 지배되는 것으로 간접화한다. 그것이 실은 성적 매력과 연관되어 있음을 드러낼 때는 여성 뱀파이어에게서 발견되는 관능적 이미지로 표출하는 것으로 한정했다. 그런 점에서 뱀파이어가 된 루시에 대한 남성 화자들의 혐오감, 특히 존의 시점에서 형상화된 혐오감은 그 매혹을 자신들도 가지고 싶었으나 가질 수 없었던 영국 남성으로서의 한계를 표출한 것으로도 볼 수 있다.(현시점에서 보면 이러한 작품의 구도는 철저한 남성적 시각에 기초한다는 비판이 가능하다. 그런데 19세기 후반 빅토리아 시대라는 맥락에서 볼 때, 작품 속에 등장하는 이러한 이미지는 문명과 도덕적 통제를 가하는 상황에서도 이러한 통제력을 벗어나려는 움직임에 대한 두려움에서 연유한다고 볼 수 있다.)

5) 문명화된 남성의 공포감의 기원에 대해 성찰하기

브램 스토커의 『드라큘라』는 트란실바니아에서 영국으로 온 뱀파이어에게 대항하는 기록물이다. 원작소설의 전반부에는 훈족으로 표명된 드라큘라의 가공할 힘이 드러난다. 여기서 19세기 유럽인들이 야만인으로 지칭되는 문명의 바깥에 존재하는 타자에게 느끼는 공포감을 확인할 수 있다. 이를 드러낸 후 소설은 이러한 가공할 타자의 위협에 대처하는 과정을 드러낸다. 드라큘라의 흡혈에 대항하는 연대기라는 구성이 이를 보증한다.

그런데 작품 속에 등장하는 드라큘라에 대항하는 연대기는 드라큘라의 흡혈에 희생된 여성들을 통제하려는 구도를 전제로 한다. 드라큘라가 가진 성적 매혹은 흡혈을 통해 여성들에 대한 정신적 지배를 강화하는 것으로 표현되고, 여성 뱀파어어의 성적 매혹에 대한 혐오감을 지닌 남성들의 시선을 노출함으로써 그 유혹의 힘을 통제하려 한다. 이런 점에서 원작소설은 드라큘라와 같은 매력을 가지고 싶으나, 그러한 욕망이 자신을 야만인으로 만들 수 있다는 영국 문명인 남성의 공포감을 드러낸다. 이를 통해 원작소설은 문명 외부의 야만인을 향한 공포의 연원을 알 수 있게 해 준다. 즉 이 작품은 우리 사회에 이질적인 야만인들의 존재가 유입되는 것에 대한 공포의 이면에 무엇이 작동하고 있는가를 성찰할 수 있게 해 준다. 원작소설에서 묘사된 공포에 대한 논의가 지니는 가치는 이런 성찰에서 비롯된다고 하겠다.

제4장 침략자에 대한 공포

1. 거울로서의 우주와 화성인, 소설 『우주전쟁』

1) 우주 소재 과학소설, 『우주전쟁』

허버트 조지 웰스(Herbert George Wells)의 『우주전쟁(The war of the worlds)』(H. G. 웰스, 이영욱 옮김, 『우주전쟁』, 황금가지, 2005)은, 미지의 공간인 우주에 대한 인간의 상상력을 대표하는 가장 고전적인 소설이다. 대중에게는 2005년 톰 크루즈가 주연을 맡은 동명의 영화로 더욱 유명한 제목이겠지만, SF장르에 관심이 있는 사람이라면 소설 『우주전쟁』은 쉽게 지나칠 수 있는 작품이 아니다.

소설 『우주전쟁』은 1897년 4월부터 주간지 『피어슨 매거진』에 연재되기 시작해서 1898년에 단행본으로 출간되었다. 1897년이라면, 조선에서는 동학 농민 운동이 있었던 해이다. 당시

소설 『우주전쟁』의 초판 표지

누군가에게는 근대적 문명이 여전히 낯설었을지도 모르지만, 다른 누군가는 우주를 상상하고 있었던 셈이다.

이 소설은 최초로 외계인을 다룬 과학소설이라는 타이틀을 가지고 있다. 이러한 타이틀의 영향 때문인지 이후 다양한 작품에 영향을 주었으며, 원작이 다른 장르로 만들어지기도 했다. 이 소설과 관련하여 가장 유명한 일화는 1938년 방송된 라디오 드라마와 관련이 있다. 당시 미국 전역으로 방송된 이 라디오 드라마는 뉴스 형식을 차용하였는데, 이 때문에 많은 사람들이 피난길에 나서고 미국 방위군이 출동하는 대혼란이 벌어지기도 했다. '우주전쟁'이라는 제목으로 대중들에게 가장 크게 각인된 장르는 물론 영화라고 할 수 있다. 동명의 영화는 1953년과 2005년 두 번이나 소설을 원작으로 만들어졌다. 또한 1978년 뮤지컬로 공연되었으며, 1988년과 2019년에는 텔레비전드라마로 방영되기도 했다. 이렇게 소설 『우주전쟁』이 다양한 장르로 재창조되는 이유는 무엇일까? 이러한 질문에 가장 먼저 떠오르는 대답은 '우주'라는 소재가 큰 힘을 발휘했을 것이라는 점이다. 특히 인류보다 강한 존재를 상상한다는 것은, 인간에 대한 고민으로까지 나아갈 수 있기 때문이다.

2) 화성인과 지구 침공에 대한 상상력

소설 『우주전쟁』의 줄거리는 간단하다. 어느 날 화성에서 운석이 떨어지고 그 운석에서 트라이포드라는 기계가 나타나 지구를 정복하고자 한다. 주인공은 인간을 공격하는 화성인을 피해 달아나며 인간의 본성과 무지 그리고 무질서를 목격하게 된다. 영국군이 나서 화성인에게 맞서지만 역부족이다. 화성인을 이길 수 없을 것 같던 찰라 지구에 존재하는 세균에 감염된 화성인이 병에 걸리면서 화성인의 침공은 종결된다.

처음 화성에서 운석이 떨어졌을 때 사람들은 호기심에 찬 눈으로 대상을 살핀다. 그러나 본격적으로 화성인이 기계를 이용해 영국을 침공하자, 사람들은 혼란에 빠지고 만다. 공포에 휩싸인 사람들은 화성인을 피해 달아나기 바쁘다. 그러나 실상 주인공이 목격하는 혼란은 인간의 본성과 사회의 다양한 문제를 보여준다. 화성인의 침입으로 많은 사람이 공포에 떨지만, 거리가 먼 지역에 있는 사람들은 대수롭지 않게 여기며 일상을 즐기기도 한다. 다른 한편으로 혼란을 틈탄 도둑이 기승을 부리는가 하면, 피난을 떠나는 이들이 너무 많아 마차도 제대로 움직이지 못할 만큼 무질서해지기도 한다.

소설에서 가장 인상적인 부분은 주인공이 만나는 인물들이다. 대표적인 인물로 목사와 포병을 들 수 있다. 목사는 종교적인 신앙을 가지고 있다는 사실에서부터 근대적 가치와는 어울리지 않는 인물로 보인다. 목사는 화성인으로부터 위협을 당하는 순간에 이성적으로 판단하려고 하지 않고, 자신의 신앙을 통해 위기를 극복하려고 한다. 오히려 이러한 그의 행동 때문에 주인공과 목사는 위험에 빠지고 만다. 목사는 기독교적인 덕목을 지키기보다는 이기적인 모습을 보이기도 하며, 화성인의 침공을 신의 뜻으로 생각하며 현실의 상황을 직시하지 못한다.

목사와 달리 포병은 행동하기보다는 나름 논리적인 생각만 한다. 그는 잘 발달한 런던의 지하공간을 통해 인류를 어떻게 생존시킬지에 대해 고민한다. 그러나 그의 이러한 이성적인 판단은 이성 그 자체를 놀이로 만들어 버리고 만다. 그는 목적을 위해 땅을 판다고 하면서도 적극적으로 행동하지 않으며, 오히려 술을 먹고 시가를 피우며 카드놀이를 한다. 포병은 이성이라는 이름으로 계획만 세울 뿐 실제로 행동하지는 않는 인물이다.

소설 『우주전쟁』에서 작가 웰스는 단순히 미지의 공간인 우주에 대한 상상력으로 이야기를 채우지 않는다. 그는 오히려 인류보다 더 뛰어난 과학기술을 가진 화성인의 존재와 그들의 지구 침공을 상상함으로써 인간의 본성과 사회에 대한 핍진성 있는 서사를 담아낸다. 따라서 소설은 지구 침공이라는 두려운 상상을 통해 인간이 어떤 존재인지를 살핀다. 결국 소설에서 중요한 상상은 두려움에서 출발하지만, 그 두려움은 인간의 다양한 실체를 보여주는 기회로 작동한다.

그러나 인간을 뛰어넘는 존재에 대한 상상은 그 해결에 있어 어려움을 가진다. 영국의 포병과 전투함까지 화성인의 발달한 과학기술에 대적할 수 없는 상황이기에, 지구인이 인간에 비해 발전한 문명을 가진 화성인을 맞설 방법은 객관적으로 존재하지 않는다. 따라서 소설은 인간의 의지와는 무관한 세균이라는 존재를 통해 문제를 해결한다. 세균은 거대한 우주와는 다른 미시 세계를 상상함으로써 얻은 결과로, 우연히 화성인이 세균에 감염된다는 설정을 통해 이야기가 마무리된다.

3) 주체와 타자의 위치 바꾸기

결말에 우연적인 요소가 있어 아쉬움이 있지만, 소설 『우주전쟁』은 인류 문명에 대한 다른 시각을 선사한다는 데 미덕이 있다. 이 소설은 가해자와 피해자, 침략자와 원주민, 식민과 피식민 같은 인류 문명의 오래된 문제도 떠올리게 한다. 많은 이들이 알고 있듯이 지구 문명의 역사는 대체로 서구인의 관점에서 서술되어 왔다. 우리는 어려서부터 그리스 로마 문명과 유럽의 봉건제를 배운다. 그들이 지배하는 땅의 원래 주인이던 아프리카나 아메리카 원주민의 역사를 배우지는 않는다.

영화 〈우주전쟁〉(1953)의 포스터

이러한 현상은 일시적인 것이 아니다. 오늘날에도 우리는 많은 지역에서 일어나는 사건과 분쟁을 미국이나 유럽의 시선에서 바라보기 일쑤다. 거기다 많은 나라가 미국이나 유럽이 내세운 지구의 질서를 따르며, 그들이 내세우는 가치와 이념을 가장 가치 있다고 여긴다. 즉, 여전히 지구의 역사는 유럽과 미국을 포함한 서구인의 관점에서 진행되고 있다.

이에 비해 소설 『우주전쟁』은 유럽이나 미국이 가지고 있던 절대적인 위상을 다시 고민하게 만든다. 화성에서 지구로 침공한 화성인을 통해 서구인은 침략자가 아닌 원주민의 위치에 놓이게 된다. 생각해 보라. 유럽인은 근대의 발전과 함께 거대한 배를 타고 전지구로 나아갔다. 바다를 건너 아프리카와 인도 그리고 아메리카를 점령했으며, 북아메리카와 오세아니아로 이주하기도 했다. 그러니 당시 유럽인에게 그들을 제압하고 억누를 절대적인 존재는 없었다고 하겠다. 오히려 그들이 침공한 대륙의 원주민에게 당시 유럽인이야말로 소설 『우주전쟁』의 화성인과 비슷하게 보였을지 모른다. 원주민 자신들의 과학기술보다 발전한 무기를 들고 자신의 땅으로 들어온 유럽인은 원주민에게 알 수 없는 미지의 존재였을 것이다.

소설은 이러한 당시 세계사적 현상을 비틀어 보여준다. 즉, 유럽인을 그들이 침략했던 땅의 원주민과 같은 존재로 두면서 그들이 마주했을 타자들을 되새기게 한다. 소설 속 주인공은 화성인에 대한 판단을 서구인의 관점에 놓고 다르게 보고자 한다. 그는 '사라진 아메리카 들소나 도도새' 또는 '같은 인간 이지만 지능이 낮은 종족' 그리고 '태즈메이니아 사람들' 등을 언급하며, 유럽인이 문명이라는 이름을 내세워 얼마나 상대를 잔인하게 대했는지 말한다. 즉, 화성인의 런던 침공은 다른 의미에서 유럽 백인이 다른 대륙에서 다른 문명을 파괴하는 것과 다르지 않다.

이러한 사실은 소설의 제목에서도 엿볼 수 있다. 『우주전쟁』 의 원제는 'The War of the Worlds'이다. 이를 직역하면, 쉽 게 '세계 간의 전쟁'으로 이해할 수 있는데, 여기서 말하는 세 계가 단순히 우주 저편의 세계가 아니라면, 문명과 문명의 충 돌 또한 세계 간의 전쟁이라고 할 수 있다. 당시 근대 문명의 혜택을 보고 있던 영국의 상징, 런던은 지구상에서 어떠한 세 력에게도 두려움을 느낄 필요와 이유가 없었을 것이다. 따라 서 지구가 아닌 우주의 생명체를 통해 언제든지 위협과 공격 을 받을 수 있는 런던을 상상한다는 것은, 당시뿐만 아니라 오늘날에도 큰 도발이 아닐 수 없다. 즉, 웰스는 유럽인의 위치를 타자와 자리 바꾸기 함으로써 유럽인 자신의 문제를 새롭게 볼 수 있도록 하고 있다.

4) 근대적 세계 인식과 자기 의심

소설『우주전쟁』에 등장하는 화성인과 그들이 사용하는 무기에 대한 묘사는 오늘날 영화에서 등장하는 장면들을 연상시킨다. 이 작품이 쓰인 시기가 19세기라는 점을 상기한다면 놀라울 따름이다. 다리가 세 개 달린 로봇과 레이저 광선을 떠올리게 하는 녹색 섬광은 현대인이 가지고 있는 과학 문명에 대한 상상력과 큰 차이를 보이지 않는다. 소설의 이러한 특징은 웰스의 자연과 과학에 대한 관점과 인식이 어떠했는지를 설명해준다. 다시 말해, 어떤 의미에서 소설『우주전쟁』은 인간의 상상력으로부터 출발하지만 웰스의 상상력은 문명에 대한 인간의 과학적 접근 즉, 과학에 기초한 근대적 인식과 닮아 있다고 할 수 있다.

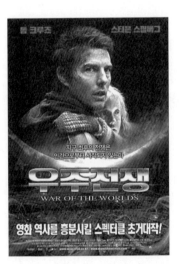

영화 〈우주전쟁〉(2005)의 한국 포스터

그의 세계관에 대한 추측

은 다른 사회 활동들을 통해서도 확인할 수 있다. 그는 이상주의적 사회주의자들의 모임인 페이비언 협회에 가담하여 활동했으며, 소설로 유명해진 이후에 사회운동가로 활동했다. 이러한 그의 행적들은 과학기술을 통해 진보를 꿈꾸는 근대적 세계관과 잘 어울린다고 하겠다. 그는 상상력을 통해 현실에서 벗어난 세계를 다양한 방식으로 그려냈지만, 그 상상력은 단순한 공상이 아니라 현실과 연관되어 있다고 할 수 있다. 물론 그 현실과의 연관성이 다소 단편적인 반영에 그칠지라도 웰스가 소설『우주전쟁』을 통해 그려내는 상황은 당대 세계가 가지고 있던 가치관의 다양한 측면을 생각하게 한다.

소설『우주전쟁』을 볼 때, 웰스는 19세기를 대표하는 유럽인이었지만 당시 유럽이 내세운 세계관과 가치를 온전히 따르는 인물은 아니었던 듯하다. 더 명확하게 설명하자면, 웰스는 근대의 세계관을 가지는 한편 그것에 대한 부정적인 인식을 함께 가지고 있었던 것으로 보인다. 그는 당시 과학기술의 관점을 바탕으로 화성인과 그들의 문명에 대해 상상했지만, 앞서 보았듯이 소설의 내용은 유럽인 스스로 고민하고 반성하는 쪽에 가깝다. 소설의 장르적 성격으로 볼 때 그가 당시의 근대적인 특성을 공유하고 있었다고 해도, 내용적인 면에서는 근대적 가치를 절대화하지 않는다. 즉, 당시 유럽인으로서 근대라는 세계의 가치를 공유하면서도 그에 대해서는 양가적인 입장을 보였다고 생각할 수 있다.

소설『우주전쟁』에는 근대적 가치에 대한 양가적인 입장이 드러난다. 소설은 이미 과학문명의 발달과 그 폐해에 대한 고민을 담고 있다. 소설 속에서 화성인은 머리만 크고 다른 신체는 거의 없는 존재로 묘사된다. 이러한 묘사를 통해 주인공은 화성인을 감정이 없는 존재로 설명한다. 이러한 화성인에 대한 묘사는 이성만을 강조하는 세계가 가져올 수 있는 부정적인 측면을 가시적으로 제시하는 방법이라고 할 수 있다. 즉, 이성만이 극단적으로 발달한 세계의 변화가 존재에게 어떠한 영향을 줄 수 있는지를 경고하는 장면이라고 하겠다.

이와 대조적으로 소설 속 주인공은 근대 전후 인간의 상을 동시에 보여준다. 주인공은 스스로 과학자라는 신분을 내세우며 철학을 공부하고 과학에도 조예가 있는 인물로 묘사된다. 나아가 그는 목사를 통해 비판적으로 그려졌던 종교를 여전히 믿으며 신앙생활도 이어간다. 이러한 주인공의 모순적인 모습은 웰스 스스로가 깨닫지 못한 당시 유럽인의 모습이 아닐까.

5) 두려움이라는 거울

소설『우주전쟁』이 오랜 시간 인기를 끌 수 있었던 이유는 우주라는 미지의 공간을 통해 인간보다 더 강력한 존재가 지구를 침공한다면 어떻게 될까 하는 두려움을 상상했기에 가능했다. 미지의 공간은 인간에게 다양한 상상력을 부여할 수 있다. 따라서 인간은 자신의 상상력을 최대한 발휘하기 위해, 미지의 공간인 우주에 쉽게 주목하게 된다. 우주는 지구에 존재하는 어떤 공간과도 다르다. 우주는 인간이 생존할 수 없는 공간이기에, 인간에게 무한한 상상력을 제공할 수 있다. 우주는 일부만 관찰할 수 있기에 그에 대한 지식은 어떤 의미에서 무의미하다. 그뿐만 아니라 우주라는 미지의 공간은 단순히 '알 수 없음'으로 그치는 대상이 아니다. 오히려 인간이 '생존할 수 없음'으로 인해 우주와 관련된 많은 요소는 상상력으로 채워질 수밖에 없다.

이 소설은 이러한 상상력으로부터 출발하여 19세기 근대를 마주했던 유럽인의 다양한 인식을 보여주는 작품이다. 앞서 보았듯이 이 소설에는 세계의 중심에 있었던 유럽인에 대한 반성과 유럽인이 만든 근대라는 가치에 대한 양가적인 인식이 드러난다. 무엇보다 흥미로운 사실은 유럽인이 스스로를 진단할 수 있는 상황이 타자에 대한 두려움으로부터 발생한다는 사실이다. 미지의 공간 우주에서 온 화성인은 미지의 타자이다. 화성인은 어떤 목적을 가지고 지구에 왔겠지만, 지구인은 화성인의 목적도 그 존재마저 모른다. 화성인은 지구인에게 알 수 없는 '두려움'을 전하는 일종의 상징이다. 그러나 반대로 화성인은 당대 유럽인을 비추는 '거울'이기도 하다.

근대는 분명 과학기술의 발전으로 유럽에서부터 출발했다. 그러나 그들이 근대를 완성할 수 있었던 이유는 그들이 다른 세계를 침략하고 수탈했기 때문이다. 유럽인은 문명화라는 이름으로 다른 대륙으로 나아갔다. 하지만 유럽인이 던져준 근대와 문명이라는 화두가 원주민에게 진정 행복을 주는 가치였다고 할 수는 없다. 유럽에 이어 미국이 전세계의 질서를 세우는 오늘날에도 그들은 자신들의 모습을 확인하기 어렵다. 끝나지 않는 인종 차별의 문제와 전세계 난민 문제가 이를 잘 증명해준다. 그렇기 때문에 소설『우주전쟁』은 한편으로 놀랍다. 자신들을 두려움에 떨게 할 존재를 상대편에 세우고, 이를 거울삼아 자신을 객관적으로 관찰하고 있기 때문이다. 그래서 소설『우주전쟁』은 단순한 장르소설이나 대중소설이 아닌, 현실에 대한 철학적 질문일지도 모른다.

2. 침략에 대응하는 군인 정체성에 대한 보고서, 소설『스타십 트루퍼스』

1) 밀리터리 SF의 효시와 헐리우드 액션물 간의 간격

로버트 A. 하인라인은 1959년 『스타십 트루퍼스』(이 글은 2014년 황금가지에서 출판된 김상훈의 한국어한 번역본을 저본 텍스트로 하였다)를 발표했다. 하인라인은 아이작 아시모프, 아서 C. 클라크와 함께 영어권 SF의 황금시대를 열었다고 평가받으며, SF 장르

양식을 규정하는 데 막대한 영향을 미쳤다. 『스타십 트루퍼스』 또한 밀리터리 SF의 원형을 제공한 작품이다. 이는 하인라인과는 다른 성향의 작가들도 이 작품의 양식적 문법을 바탕으로 작품을 창작하거나 패러디를 감행했다는 사실에서 확인된다. 특히 작중에서 사용된 '강화복' 개념은 과학 기술과 군대의 결합 방

번역판 표지

식을 제시했으며, '아이언 맨'의 슈트처럼 근육의 강화와 연관된 상상력의 원천이 되었다. 이처럼『스타십 트루퍼스』에 대한 이해는 작품 자체의 함의에 접근하게 해 주며, 동시에 밀리터리 SF의 특징에 다가서게 해 준다.

원작소설이 발표된 지 38년 이후인 1997년 폴 버호벤은 이 작품을 영화로 제작했다. 그런데 폴 버호벤의 <스타십 트루퍼스>은 원작과의 시간적 간격만큼이나 차이를 보인다. 폴 버호벤의 영화는 원작에서 주요한 위치를 차지하는 '강화복' 개념을 영상에 담아내지 못했다. 또한 일인칭 화자 리코가 군인이 되는 '과정'을 드러내는 데 주력한 원작소설과 달리, 영화는 지구인 대 버그(원작은 '거미'로 표현한다) 간의 '대결'이라는 헐리우드 액션물의 문법을 따르고 있다. 가장 큰 차이는 작품

속 주인공인 리코가 군인으로 변화되는 과정을 별 거부감 없이 서술한 원작소설과 달리, 영화는 군대를 중심으로 한 사회에 대한 조롱으로 해석될 수 있는 장면을 삽입하고 있다는 점에 있다. 이는 논자들의 지적처럼 감독의 블랙코미디 성향 내지 어린 시절 경험한 나치 군국주의에 대한 거부감 때문이라고 할 수 있다.(버그와의 전쟁이 발생하자 삽입된 전쟁 동원 선전물이 이를 잘 보여준다. 아이들은 지구의 벌레들을 짓밟고, 부모는 이에 박수를 보내는 것에 대해 선전물은 아이들도 버그에 분노한다고 방송한다. 서사의 흐름과 무관하게 진행된 이 영상의 삽입은 지구를 침공한 행성의 버그와는 다른 지구 내 벌레들을 향해 폭력을 행사하는 집단적 광기를 위악적으로 조롱하도록 유도한다.)

이 글은 원작소설을 중심으로 작품이 지닌 의미를 밝히려는 하나의 시론(試論)이다. 이를 위해 이 글에서는 작품 내에서 침략자에 대한 공포가 지닌 의미를 서사 양식과의 관련성 속에서 살펴볼 것이다. 원작소설은 주인공 리코가 점차 유능한 기동보병 군인으로 자기를 갱신하는 과정을 서사의 주된 초점으로 설정한다. 그런데 이러한 주인공의 자기 갱신은 거미와의 전쟁을 배경으로 한다. 즉 소설의 이면에는 '침략당하는 피해자'의 끔찍한 상태에 대한 공포의 감정이 내재해 있다. 따라서 주인공의 성장 서사는 이 공포에서 벗어나려면 자기를 강력히 단련해야 한다는 논리를 전제로 한다. 이처럼 이 작품은 평범한 고등학생이 거듭된 훈련과 전투를 통해 '진짜 군인'

이 되는 모습을 통해 침략에 대한 공포가 극대화된 사회의 작동 방식을 드러낸다. 이 작품을 침략자에 대한 공포라는 방향에서 읽으려는 것은 이 때문이다.

2) 의무감이라는 체제의 지배 원리에 대한 사회화

『스타십 트루퍼스』는 일인칭 화자 리코가 하사관이 되어 임무를 수행하는 장면을 제시한다. 그 이후 소설은 과거로 돌아가 고등학교 졸업 후 리코가 어떻게 군인의 정체성을 형성하게 되었는가를 추적하고, 첫 장면의 시점 이후로는 주인공이 장기복무를 지원해 장교로서 군대의 원리를 더욱 깊이 접근해 나가는 모습을 형상화한다. 이처럼 소설은 주인공이 군대 경험을 통해 세계의 원리를 점차 받아들이는 과정을 일인칭 화자의 목소리로 드러낸다. 이러한 전개 방식은 작품 속 세계를 지탱하는 가치관을 주인공이 내면화하는 과정과 일치한다. 따라서 이 작품은 '교양소설'이라는 양식적 유형과의 관련성 속에서 이해해 볼 수 있다.

교양소설(Bildungsroman)은 괴테의 『빌헬름 마이스터의 수업시대』(1795–1796, 한국어 판본은 안삼환이 번역해 1999년에 출판된 민음사 판본이 대표적이다.)를 그 기원으로 하여, 18세기 말에서 19세기 초 독일에서 개척된 후 다른 나라로 확대된 소설 양식이다. 어원적으로 보면 교양소설은 교육 혹은 형성을 가리키는 단어(bildung)와 소설을 뜻하는 단어(roman)를 결합한 개념이다. 즉 교양소설은 사회적 차원에서 미성숙한 주인공이 여러 과정을 거쳐 당대 사회가 요구하는 존재로 성장해 나가는 과정을 그린 소설을 가리킨다. 이렇게 보면 교양소설은 주인공의 성장을 드러내는 성장소설의 한 유형에 속한다. 다만 교양소설에서의 성장은 교육학적 함의를 지닌 어원적 측면 때문에 주인공의 사회화라는 방향을 가리키는 측면이 강하다.

민음사판 『빌헬름 마이스터의 수업시대』

『스타십 트루퍼스』의 전개 방식 역시 이 방향성을 보여준다. 작품 속 세계는 자원입대 후 2년 이상 복무한 이들을 '완전한 시민'으로, 그렇지 않은 이들을 '일반인'으로 구분한다.

'완전한 시민'만이 참정권을 가지며, 고등학교의 필수과목인 역사와 윤리 철학을 가르칠 수 있다. 역사와 윤리 철학 교과서는 이를 '공적 가치관의 차이'로 설명한다. 즉 자신이 속한 집단의 안전에 책임을 지고 필요하다면 목숨을 바칠 수 있는 군인에게만 참정권이 부여되는 것이 정당하다고 설파한다. 사업의 확장 같은 것에 몰두하는 이들은 '일반인'의 삶을 선택하지만, 자원입대하여 군인이 되기로 선택한 이들은 복무 경험을 통해 '완전한 시민'으로 변모해 간다. 『스타십 트루퍼스』에서 리코가 경험한 것 역시 '완전한 시민'이 되는 일종의 사회화 과정이다.

소설의 주인공 리코는 우발적으로 입대한다. 리코는 화성 여행을 시켜주겠다는 아버지의 회유에 입대를 포기한다. 그러다가 리코는 친구 칼과 여자 동창생 카르멘이 군인이 되겠다고 말하는 분위기에 휩쓸려 입영원서를 제출한다. 적성검사 결과 지망한 모든 병과에서 불합격 판정을 받고, 리코는 유일하게 통과한 기동보병이 될 것을 권유받는다. 이에 리코는 완전히 쓸모없지는 않았다는 자위와 함께 입대한다. 이처럼 리코가 기동보병의 길을 걷게 된 것은 명확한 자의식에 기초해 있다기보다는 상황에 이끌린 측면이 강하다.

아서 커리 캠프에 온 리코는 기초 훈련을 받으며 기동보병이 된다. 눈보라 치는 야외에서 야영하기 같은 엄격한 훈련은 '외과 수술'이라는 리코의 평가처럼 정예병만을 차출하고, 그

외의 사람들을 제거해 나간다. 그 결과 동기생 2009명 중 사임, 불명예 전역, 부상에 따른 의병전역, 훈련 도중 사망 등의 이유로 대다수가 중도하차하고 187명만이 졸업한다.

리코는 테드 헨드릭이 상관 폭행죄로 불명예 전역한 것을 지켜보면서 중도하차를 결심했다가 그 위기를 넘긴다. 리코는 당번병의 임무를 수행하다가 우연히 헨드릭의 사건에 대해 교관들이 나눈 대화를 엿듣는다. 리코는 훈련소 교관 짐 상사가 훈련병의 미숙함을 철저히 통제하지 못해 이 사건(헨드릭의 불명예 전역)을 만들었다고 자책하는 소리를 듣고 혼란에 빠진다. 이 혼란스러운 감정 속에서 리코는 교관들도 견디기 힘든 일을 감당하려다가 태형 혹은 교수형을 받기 전에 그만두는 것이 좋겠다는 생각에 도달한다. 이때 고등학교 시절 역사와 윤리 철학 교사였던 뒤부아 선생의 편지가 도착한다. 뒤부아 선생은 "잠재적인 시민을 실제 시민으로 변모시키는"(133쪽) 가장 힘든 정신적 고비를 리코가 무사히 통과했으리라고 격려한다. 리코는 장거리 행군을 수행하다 행군 종료를 알리는 군악대 소리에 마지막 고비를 무사히 넘겼음을 절감하고, 사임하기로 한 결심을 철회한다. 이후 리코는 새로운 경험을 할 때마다 예전에 싫어했던 뒤부아 선생의 수업 내용을 떠올리며 군인이자 '완전한 시민'의 정체성을 만들어간다.

뒤부아 선생의 편지를 받기 전 리코의 불안감은 불명예 전역할 수도 있다는 사실에서 연유한다. 이는 리코가 기동보병

훈련을 감당할 수 없는 '연약'한 자신에 대해 불안해했음을 뜻한다. 이렇게 보면 리코의 정신적 변화는 이런 '연약'한 상태를 극복하고, 군인으로서 부여된 임무 수행을 위해 자기를 통제할 수 있는 존재로 변화했음을 뜻한다. 즉 화성 여행과 같은 유혹에 쉽게 넘어가던 고등학교 졸업 시기의 모습에서 벗어나, 수행된 임무를 완수하기 위해 자기를 단련할 수 있는 존재로 성장했다는 것이다. 이러한 리코의 변화는 군인이 된 이후 그가 일반인들을 어떠한 시각으로 판단하고 있는가를 통해 잘 드러난다. 리코는 기동보병이 된 이후 첫 번째 외출 때 밴쿠버에 사는 일반인들을 '흐트러져' 있다고 판단한다. 즉 리코는 '질서' 잡힌 통제력을 갖춘 군인으로서의 자신과 '무질서'한 일반인을 구분한다.

리코는 다양한 사건을 통해 이러한 시각을 더욱 발전시켜 나간다. 훈련소에서 리코는 동기 중 탈영한 병사가 어린 소녀를 죽인 사건을 처리하러 간다. 이때 리코는 범죄를 방지하는 방법에 대해 생각하다 그 해답을 뒤부아 선생의 수업에서 찾는다. 뒤부아 선생은 20세기 발생한 윤리적 혼란은 윤리적 본능이 있다는 전제하에 태형과 같은 처벌을 '잔혹하고 비정상적'이라는 이유에서 금지된 것 때문이라고 설파한다. 이러한 관점에서 뒤부아 선생은 개인의 '권리'를 중시해서는 안 되며, 사회에 대한 '의무'를 명확히 각인해야 한다고 설파한다. 이런 뒤부아 선생의 주장은 '의무'에 기초한 윤리 확립을 위해서는 엄격한 법률을 적용해야 한다는 논리에 기초해 있다. 그리고 이것은 혹독한 훈련을 통해 '연약함'에서 벗어나 '완전한 시민'이 된 리코의 경험과도 상통한다. 질서 잡힌 통제력이라는 '완전한 시민'의 덕목은 뒤부아 선생이 역설한 '의무감'의 체화로 볼 수 있기 때문이다.

이러한 생각은 이후 2년 이상 복무한 이들만이 참정권을 줄 수 있는 작품 속 세계의 논리를 수용하게 유도한다. 장기 복무를 결심한 이후 리코는 현 체제의 정당성을 설파하는 사관학교 교관 레이드 소령의 말을 수용한다. 사관학교의 역사와 윤리 철학 수업에서 레이드 소령은 군인 역시 현명하지 않을 수 있고 시민의 의무를 잘못 수행할 수 있음을 인정한다. 하지만 레이드 소령은 "자발적이고 힘든 사회봉사를 통해서, 자신의 개인적 이익보다 자신이 소속된 집단의 복지를 우선적으로 생각한다는 사실을 증명한 사람들"(262쪽)이라는 점에서 군인에게 참정권을 부여하는 현 체제가 과거의 어떤 체제보다 효과적임을 역설한다. 교과서의 답에 대해서는 잘 모르겠다고 말했던 고등학교 시절과 달리, 리코는 이러한 레이드 소령의 논리를 적극적으로 수용한다. 이러한 관점에서 리코는 거미와의 전쟁 및 그 이후 인간이 우주로 팽창해 나갈 때도 기동보병이 앞장을 서야 한다는 결론에 도달한다. 다른 어떤 병과보다도 기동보병은 질서 잡힌 통제력에 기초해 임무를 수행하기 때문이다. 이처럼 이 소설은 리코가 작품 속 세계가 유지되도록 하는 체제의 논리를 내면화한다. 그리고 이러한 내면화를 통해 원작소설은 의무감을 가지고 집단에 봉사하는 군인들에 의해 운영되는 체제를 정당화한다.

3) 적대 세력에 대한 공포에 기초한 규율의 논리

리코는 훈련소 졸업 후 '훈련된 병사'로서 정식 부대원이 된다. 이 시점에 이르러 리코는 자신들이 '훈련된 병사'로서 임무를 치르게 되었을 때 변화된 환경을 서술하게 된다. 리코와 함께 훈련을 받은 이들이 훈련소에 있는 동안 다른 행성에 사는 거미들이 부에노스아이레스를 침공했으며, 그리하여 '평시'에서 '전쟁상태'로 돌입하게 되었다. 이처럼 원작소설은 리코가 군인의 정체성을 형상화하는 과정을 전면화한 후, 거미와의 전쟁을 서술한다. 그 이후에도 원작소설은 거미와의 직접적인 전투 장면을 직접적으로 형상화하는 것을 최소화하고, 전투에 임한 리코가 국가와 사회 및 개인에 대해 사색하는 데 주력한다. 이런 점 때문에 원작소설은 적대 세력과의 대결 구도를 강조하는 것보다는 군인으로서의 성장이라는 내면 성장을 더욱 강조하는 것과 같은 인상을 준다.

그런데 일반인에서 군인으로서의 성장이라는 주된 서사의 구도와는 다소 무관해 보이는 적대 세력 거미라는 존재는 작품 속의 세계의 체제 논리를 성립시키는 데 있어서 주요한 기능을 한다. '우리'를 위협하는 이 적대 세력 때문에 작품 속에서 강조하는 '질서 잡힌 통제력'을 행사할 수 있는 집단인 군인에게만 참정권을 부여해야 한다는 논리가 성립할 수 있기 때문이다. 즉 원작소설에 등장하는 거미는 단순한 배경 이상으로 리코가 정당화한 세계의 논리를 깨트릴 수 있는 대상, 그렇기에 '우리'의 질서 잡힌 아름다운 세계를 위험에 빠트리는 '공포'의 대상으로 나타난다. 따라서 거미가 어떤 점에서 작품 속의 세계의 논리를 위협하는 '공포'의 대상으로 간주되는가를 살펴볼 필요가 있다.

리코는 정식으로 부대원이 된 이후 거미와의 전투를 경험했던 그들의 특징을 서술한다. 리코는 거미를 통해 "완전한 공산주의가, 진화를 통해 그것을 이룩한 종족에 의해 쓰였을 경우 얼마나 효과적일 수 있는지를 우리는 비싼 대가를 치르며 배우고"(220쪽) 있다고 고백한다. 이러한 리코의 서술은 원작소설이 창작되었던 냉전체제의 분위기를 연상시킨다. 하인라인이 미국에서 활동했음을 염두에 두면, 거미는 당대 미국 진영에 가장 위협의 대상이었던 소비에트 연방 공화국의 은유로 해석될 수 있다. 따라서 거미들이 부에노스아이레스를 침공해 그 지역을 초토화하고 사람들을 전멸했다는 표현은 공산주의 세력의 침공이 실제 벌어질 수 있다는 공포감을 드러낸 것이라 하겠다.

리코는 거미들의 가공할 힘 때문에 총력전으로 기획된 '벌

레 둥우리 작전'이 실패로 돌아갔다고 말한다. 거미들은 알에서 부화 되면 역할에 따라 구분되며, 그 수행력은 놀랄 정도로 지적하며 협조적이다. 게다가 거미의 숫자는 압도적이다. 거미가 천 마리 죽고 기동보병은 한 명 죽어도 전체적 전황은 거미에게 유리하다는 표현이 이를 잘 보여준다. 거미가 지닌 이러한 가공할 힘에 대한 묘사는 적대 세력의 침략을 막기 위해서는 혹독한 훈련을 통해 양성된 기동보병이 더욱 필요하다는 정당성을 부여하게끔 유도한다.

그런데 '절제된 의무감'을 가진 군인을 양성해내야 한다는 논리는 이러한 정체성으로 포섭될 수 없는 존재들에 대한 배제의 논리로 작동한다. 이러한 모습은 우선 자기 내부에 대한 부정을 수행한다. 이는 리코의 아버지를 통해 확인할 수 있다. 리코의 아버지는 부에노스아이레스 침공으로 아내를 잃은 이후 기동보병에 입대하여 아들과 재회한다. 이러한 과정에서 리코의 아버지는 군인의 정체성과는 어울릴 수 없는 자기를 철저히 거부한다. 이제 자신은 물건을 생산하고 소비만 하는 경제적 동물이 아니라 사나이가 되었다는 고백에서 이를 확인할 수 있다. 입대 이전의 자신을 '경제적 동물'이라 비판하고, 그러한 자신에 대한 철저한 거부를 통해 리코의 아버지는 기동보병이 될 수 있었다.

또한 원작소설에서 이러한 배제의 논리는 자기에 대한 부정뿐만 아니라 기동보병이 되기에 적합하지 않은 존재들을 일종의 '낙오자'로 처리하는 것에 정당성을 부여한다. 그럼으로써 '완전한 시민'의 자격을 갖춘 군인과 '일반인' 사이에는 상당한 격차가 존재하는 것처럼 보이도록 만든다. 그런데 원작소설을 살펴보면, 군인이 되지 못한 이들이 이처럼 '낙오자'가 된 것에는 그들의 명확한 자의식 때문이라는 점이 드러난다. 군대를 통한 폭력의 정당성을 긍정한 뒤부아 선생의 의견에 대해 별다른 의견을 표시하지 않은 리코와 달리, 한 여학생은 폭력으로는 무엇도 해결할 수 없다는 의견(어머니의 말을 빌리기는 했으나)을 내세워 반론을 제기한다. 훈련소에서도 아무런 의문 없이 훈련을 수행한 리코와 달리, 헨드릭은 훈련의 유용성에 대해 질문하는 태도를 견지한다. 이처럼 명확한 자의식을 지닌 인물들은 '일반인'으로 남게 된다. 반면 리코는 주어진 세계의 논리(뒤부아 선생의 수업과 훈련소의 훈련으로 드러난)를 의문 없이 수용함으로써 '완전한 시민'이 된다.

여기서 원작소설이 명확한 자의식이야말로 통제력을 갖춘 군인이 되기에 부적합한 성격으로 형상화하고 있다는 의혹을 제기할 수도 있다. 이렇게 보면 자원입대라는 외관을 취하고 있지만, 원작소설에서 군인이 된다는 것은 자신의 가치 체계와 군인의 정체성을 '조정'해 가는 과정이라 보기 힘들다. 오히려 군인으로서의 정체성 확립은 자기의 가치 체계를 철저히 거부하고, 군인으로서의 정체성에 철저히 '복속'시키는 과정에 가깝다. 훈련소에서 어떤 형태로든 질문을 던진 이들은 군인이 되지 못하고, 별다른 질문 없이 훈련을 묵묵히 수행한 리코가 졸업할 수 있었던 것 역시 이러한 방향성을 취하고 있기 때문은 아닐까?

이처럼 군인으로서의 정체성에 자기를 복속시키는 이러한 방향성은 작품에 군국주의적 색채를 지니도록 만든다. 물론 이 작품 하나를 통해 작가 하인라인이 군국주의에 경도되었다고 판단할 수는 없다. 군인으로서의 정체성을 확립해 가는 일인칭 화자 리코와 작가의 생각이 일치한다고 말할 수는 없기 때문이다. 하지만 작품 자체만 놓고 볼 때 일인칭 화자 리코의 서술이 전면화되어 군인으로서의 정체성에 복속되는 과정이 별다른 거부감 없이 표현된다. 따라서 이 작품 하나만 놓고 보면 군국주의적 경향을 지닌다는 평가가 가능하다.

어쩌면 폴 버호벤이 원작소설 읽기를 중단하고 영화를 만들었다고 말한 것은 군인으로서의 정체성에 복속되는 것을 '완전한 시민'이 되는 과정으로 만드는 것에 대한 거부감 때문이었을 것이다. 그렇기에 폴 버호벤은 자신이 연출한 영화 <스타십 트루퍼스>(1997)에서 군인으로서의 정체성을 가지는 것에 대해 비판적인 거리감을 가지게 해 주는 장면들을 삽입했던 것은 아닐까. 이를 통해 폴 버호벤은 침략에 대한 공포에 사로잡힌 군주의 사회의 이면을 풍자적으로 볼 수 있게 유도한다. 원작소설에는 간략히 서술된 버그(영화에서는 버그로 명명된다)의 본거지를 공격한 작전의 실패를 영화는 자세히 다

영화 〈스타십 트루퍼스〉(1997) 포스터

루면서 그것이 버그를 인간들보다 열등하다고 본 오만함 때문이라고 밝힌다. 그리고 영화에서 칼(영화에서도 리코의 친구로 나타나지만, 원작소설과 달리 영화에서는 초능력을 가진 정보부의 고위 장교로 설정되어 다양한 작전 명령을 내리는 존재로 나온다)은 브레인 버그가 존재한다는 사실을 확인하기 위해 리코의 부대원들을 총알받이로 사용했다고 말한다. 이에 대해 리코는 보병이 하는 일은 싸우다가 죽는 일이라는 냉소에 섞인 대답을 한다. 원작에 없는 이 추가 장면은 임무를 위해 무수한 희생자를 만드는 군대의 논리에 대해 비판적인 성찰을 할 수 있게끔 만든다. 이러한 비판적 성찰이야말로 이 소설의 논리를 그대로 수용하지 않고 새로운 방향성으로 나아가는 전제가 아닐까.

4) 일인칭 화자에 대한 거리 두기

소설 『스타십 트루퍼스』는 교양소설의 문법을 통해 군인에게만 참정권이 허락되는 세계의 논리를 일인칭 화자 리코가 내면화해 가는 과정을 보여준다. 리코는 복무 경험을 통해 개인보다는 집단을 위해 일할 수 있는 의무감을 갖춘 이들을 통해 통치되는 것이 바람직하다는 사회의 논리를 받아들인다. 그러는 동시에 리코는 규율에 따라 자기를 단련할 수 있는 절제력을 가지는 존재로 자신을 규정하면서 이러한 방향성에서 벗어난 것들에 대해 주변화하거나 배제하는 폭력의 시선을 내면화한다.

여기에는 거미로 지칭되는 적대 세력의 위협 앞에서 자기를 무한히 단련시키는 것이 필요하다는 배경을 전제로 한다. 즉 적대 세력에 의해 침략당할 수 있다는 공포감이 규율을 준수하는 의무감을 수행하며 자기를 단련하는 것을 정당화하고, 이 단련에서 이탈된 이들을 '낙오자'로 간주하는 논리를 만들었다. 소설 『스타십 트루퍼스』는 이를 전면화함으로써 평범한 고등학생이 군인이 되는 과정의 논리를 구체화한다. 이를 통해 소설 『스타십 트루퍼스』는 침략에 대한 공포에 기초한 자기 단련의 과정이 가지는 작동 논리를 구체화한다. 소설 『스타십 트루퍼스』 작품 내에서는 이에 대한 비판적 고찰이 이루어지고 있다고 볼 수는 없다. 그런데 소설은 주인공의 내면 서술을 통해 독자에게 공포에 기초한 자기 단련의 과정이 지닌 논리를 그대로 노출하고 있다. 이를 통해 소설 『스타십 트루퍼스』는 작품 속에 등장하는 세계의 논리를 내면화하는 교양소설의 문법을 그대로 수용하지 않으려는 독자, 즉 소설 주인공의 서술에 대해 비판적 거리를 유지하는 독자에게는 다른 가능성을 제공한다. 이 독자들의 경우 소설 주인공 리코의 서술에서 이러한 자기 단련의 논리가 지닌 위험성을 고찰할 수 있을 것이기 때문이다. 이 소설의 의미를 현재화하는 것은 이처럼 일인칭 주인공의 내면과는 다소 거리를 둘 수 있는 태도를 확보하는 것에서 찾아야 한다.

제5장 사회적 소수자에 대한 공포

1. 소수자 혐오 이면에 내재된 추악한 욕망,
   영화 〈디스트릭트 9〉

1) 남아프리카공화국 출신 감독에 의해 포착된 소수자 문제

〈디스트릭트 9〉(2009)은 닐 블롬캠프의 장편영화 삼부작 중 첫 번째 작품이다. 남아프리카공화국 요하네스버그에서 태어난 닐 블롬캠프는 단편영화를 주로 만들며 감독으로서의 이력을 키워나갔다. 그러다가 닐 블롬캠프는 자신의 단편영화 〈얼라이브 인 요하네스버그〉(2005)를 원작으로 한 장편 SF 영화 〈디스트릭트 9〉(2009)을 연출했다. 제작비 3천만 달러의 저예산 영화로 제작된 이 영화는 그 7배에 달하는 수입을 거두어 흥행에 성공했다. 〈디스트릭트 9〉 이후 닐 블롬캠프는 〈엘리시움〉(2013), 〈채피〉(2015)와 같은 SF 장편영화를 연출했

영화 〈디스트릭트 9〉(2009) 포스터

으나, 전작과 같은 성공을 거두지 못해 장편영화를 연출하는 데 어려움을 겪고 있다. 이런 사실을 바탕으로 닐 블롬캠프의 SF 영화 연출력이 〈디스트릭트 9〉에서 극대화되었다는 추론도 가능하다.

〈디스트릭트 9〉은 남아프리카공화국 요하네스버그에 거대 비행접시가 출현하는 사실을 보도하는 뉴스로 시작한다. 이 비행접시에는 다수의 외계인이 아사 직전의 영양실조 상태로 있었다. 이들은 격리 공간 '디스트릭트 9'에 살게 된다. 그런데 이들의 지구 거주 기간이 길어지면서 주변 지역은 슬럼화되고, 이에 대한 주민들의 반발에 정부는 이들을 한적한 지역으로 이주하는 계획을 세운다. 이 설정은 20세기 초반 남아프리카공화국에서 시행된 인종차별정책 아파르트헤이트를 연상케 한다. 즉 백인 거주공간과 흑인 거주공간을 분리한 아파르트헤이트가 영화에서 외계인의 격리 공간 '디스트릭트 9'으로 변주된다. 이러한 설정은 남아프리카공화국에서 출생해 아파르트헤이트 붕괴 이후에도 지속된 인종 차별 문제에 대해 민감하게 의식했던 감독의 감수성에서 나왔다. 즉 이 영화는 외계인을 혐오의 시선으로 보내는 것의 이면에는 인종 차별과 같은 소수자 혐오의 논리가 존재한다는 것을 포착해내고 있다. 이 글은 이러한 방향에서 작품을 검토함으로써 소수자 혐오 문제에 대해 성찰해 보려는 방향성을 취한다.

2) 외계인 비하의 시선이 발생한 배경

<디스트릭트 9>은 비커스라는 중심인물을 추적하는 주된 서사의 흐름을 제시하면서 전문가들의 분석, 주민들의 인터뷰 등을 삽입한다. 이런 연출은 관객에게 다큐멘터리를 보는 것 같은 인상을 준다. 여기서 이 영화가 페이크 다큐멘터리(fake documentary)의 형식을 취한다는 사실을 알 수 있다. 페이크 다큐멘터리는 연출된 상황극을 다큐멘터리 기법으로 촬영해 실제 상황처럼 느끼게 만드는 형식이다. 일종의 영화 기법으로 고안된 이 형식은 초반에는 참신한 기법으로 받아들여졌지만, 때로는 별다른 의미 없이 카메라를 흔들어 진부하다는 평가를 받기도 했다. 그런데 이 기법은 작품에 다큐멘터리의 성격을 부여하고 고발의 성격을 가지도록 만든다. 영화 <디스트릭트 9> 역시 이 장점을 활용해 주인공이 경험한 사건을 은폐하려는 다국적 군수산업 기업 MNU의 음모를 폭로한다는 인상을 부여한다.

영화는 외계인들의 이주라는 배경을 제시한 후, 비커스에게

초점을 맞춘다. 비커스는 카메라를 향해 외계인 관리과라는 자신의 소속 부서가 "MNU와 인류를 위해 외계인 관리 업무를 처리"한다고 말한다. 디스트릭트 9 강제 퇴거 책임자로 임명된 후 비커스는 외계인이 퇴거 서명을 거부하려고 종이를 치자 손에 닿았으니 서명했다고 말하고, 외계인의 알을 태우면서 팝콘 튀기는 소리와 같다며 조소한다. 이를 통해 '규약에 따라' 외계인들을 24시간 이내에 퇴거 서명을 받는 임무가 실은 노골적인 불평등 조약임이 폭로된다. 더 나아가 그것이 외계인들을 동등한 존재로 간주하지 않고 '열등한' 존재로 간주한 시선에 기초한다는 점이 드러난다.

이는 비커스가 외계인들을 향한 경멸의 의미가 내포된 '프런'(prawn)이라는 단어를 아무런 의식 없이 발화한다는 사실에서도 드러난다. 영화에서 한 여성 전문가는 이 단어에 "바다에서 빌빌거리며 쓰레기통을 뒤져 먹고 산다는 뜻"이 내포되어 있다고 말한다. 이 장면을 본 관객들은 프런에서 '곱등이' 같은 혐오스러운 곤충(영어 단어로는 '왕새우'를 가리키지만)을 연상하게 된다. 즉 외계인들을 '프런'이라고 부르는 것은 흑인을 '검둥이'(nigger)로 지칭하는 행위와 유사하다. 영화는 초반부에 이를 드러냄으로써 외계인에게 '프런'이라는 부르는 행위에는 그들에 대한 경멸의 시선을 내재하고 있음을 보여준다.

<디스트릭트 9>의 초반부는 이러한 경멸의 시선이 어떤 형태로 진행되는가를 조명한다. 영화는 '외계인 접근 금지 표

시판'을 장면으로 제시해 '디스트릭트 9'이 아파르트헤이트에 대한 은유임을 드러냈다. 남아프리카공화국에서 시행된 아파르트헤이트는 격리하여 '다른' 공간에 거주하는 것이지 차별이 아니라는 방향에서 이루어졌다. 하지만 실제 그것은 흑인에 대한 차별을 노골화하고 있었다. 이를 은폐하려는 방향에서

외계인 접근 금지 구역 표시판

'다른' 공간에 거주한다는 외견을 취했을 뿐이다.

이처럼 거주공간을 분리하는 것은 집단 간의 교류를 철저히 차단함으로써 소수에 불과한 백인의 정체성을 순수하게 지키려는 의도를 내재한다. 달리 말해 기득권을 가지고 있으나 소수에 불과한 백인이 다수의 흑인에 의해 '오염'될 수도 있다는 두려움이 이 정책을 시행하게 했다. 영화 역시 '디스트릭트 9'이라는 격리 공간이 이러한 두려움에 기초한 상상력에 토대를 두고 있음을 보여준다. 외계인의 격리 이후 그들과 접촉할 필요가 없다고 안도하는 주민들의 모습이나, 외계인의 거주 이후 자신들이 사는 지역이 슬럼화되어 오염된다고 노골적인 불만감을 토로하는 주민들의 모습이 이를 입증한다. 소수자와 같은 열등하고 더러운 존재들이 자신을 '오염'시킬 수

있다는 것에 대한 두려움, 그 두려움이 외계인을 '프런'이라는 경멸에 찬 단어로 부르도록 만들었다.

비커스와 그를 수행하는 사람들 역시 이러한 혐오의 정서를 가지고 임무를 수행한다. 이들은 '규약에 따라' 수행한다면서 외계인에게 강제 퇴거의 의사도 묻지 않고 통보하며, 외계인을 향해 총을 쏘는 것을 일종의 놀이로 간주한다. 이런 사실이 카메라에 포착되지만, 그들은 카메라를 향해 환하게 웃는다. 여기서 이들에게 노골적인 차별 행위를 수행한다는 윤리적 자각 자체가 부재하다는 사실이 폭로된다. 윤리적 차원에서 문제가 될 수 있다는 자각이 없었기에 이들은 폭력을 행사하는 자신들의 행위를 포착하는 카메라를 향해 웃음을 지을 수 있었다. 이처럼 비커스와 그를 수행하는 사람들이 외계인들을 자신보다 '열등'한 존재로 간주하는 시선을 내면화하고 있음이 영화 초반부에서 표현되고 있다.

3) 타인을 도구화하는 욕망의 추악한 실체

영화의 서사는 비커스가 외계인 크리스토퍼 존슨(지구인들이 외계인들을 분류하기 위해 서류에 기재한 이름이며, 외계인 고유의 이름은 불분명하다)이 모은 지휘선의 연료를 뒤집어쓴 이후 외계인의 형태로 변이되면서 본격화된다. MNU 남아프리카 지사, 갱단, MNU의 용병들은 자신의 목적 수행을 위해 비커스를 추적한다. 영화는 자신의 목적 달성을 위해 비커스를 도구화하는 이들의 욕망이 지닌 추악한 실체를 폭로한다.

영화는 초반부 한 전문가의 인터뷰를 통해 MNU가 다국적 군수산업 기업이며, 외계인 퇴거 수행은 외계인 무기를 획득해 이익을 얻으려는 목적으로 이루어진 것임을 폭로한다. 이를 통해 영화는 관객들이 MNU의 임무 수행에 대해 비판적 거리감을 두도록 유도하는 장치를 마련했다. 이런 맥락에서 비커스의 강제 퇴거 임무 역시 외계인들의 무기를 지사로 보내는 행위와 동시에 수행되고 있음이 드러난다. 이를 위해 비커스는 크리스토퍼 존슨의 친구 폴(이 이름 역시 지구인들이 서류에 기재한 이름이다)의 집을 수색하다가 검은 액체를 뒤집어쓰고, 폴의 공격을 받아 왼팔을 다친다. 이후 비커스는 몇 가지 이상 증상을 경험하다 쓰러진다. 병원에서 비커스의 다친 왼팔 깁스를 풀자 그의 팔은 외계인의 팔로 변이되어 있었다.

비커스의 장인은 도움을 청하는 비커스를 냉정히 뿌리치고 그를 실험실로 보낸다. 비커스는 그곳에서 외계인의 무기를 사용할 수 있다는 실험을 강제로 수행한다.(그 실험은 비커스의 의사와 무관하게 전기 충격으로 손을 구부리고, 살아있는 외계인을 향해 무기를 사용하도록 하는 등 잔인하게 진행된다.) 비커스가 외계인 무기를 사용할 수 있다는 사실이 확인된 후, MNU의 실험자들은 비커스 장인의 동의하에 비커스를 해부해 외계인 무기 사용의 원리를 발견하고자 한다. 목숨에 위험을 느낀 비커스는 도주하지만, 그를 붙잡으려는 MNU에 의해 외계인과 자신이 성교했다는 가짜 뉴스를 접한다. 게다가 비커스의 장인은 자기 딸의 전화기에 도청 장치를 설치해 비커스의 위치를 추적한다. 여기서 고부가 가치 사업이 될 수 있는 외계인 무기 이용을 위해 딸과 사위도 이용하려는 비커스 장인의 모습은 돈이 되는 일 외에는 무엇에도 관심을 가지지 않는 다국적 기업의 추악한 욕망을 단적으로 드러내는 인물이라 할 수 있다. 영화는 MNU의 욕망이 지니는 이 추악한 속성을 MNU 고위직에 종사하는 비커스의 장인을 통해 보여주고 있다.

비커스에게 가해진 무기 실험

외계인으로 변이된 비커스를 도구화하는 모습은 갱단과 용병들에게서도 확인된다. 디스트릭트 9 지역에서 활동하는 갱단들은 고양이 사료 매매를 통해 외계인들로부터 폭리를 취하고, 외계인들을 대상으로 하는 매춘 사업을 진행한다. 또한 이들은 밀매를 통해 다양한 외계인 무기들을 확보한 후, 그 무기를 이용하려 한다. 이들은 외계인을 먹으면 그 무기를 사용할 수 있다는 주술적 믿음으로 외계인을 먹고, 비커스의 변이된 왼팔도 잘라서 먹으려 한다. 갱단의 위협으로부터 도망치는 비커스를 향해 어떻게 그 '힘'을 가질 수 있냐고 묻는 갱단 두목의 질문은 이들의 욕망이 어떤 방향을 향하고 있는가를 잘 보여준다. MNU의 욕망이 무기 산업이라는 '경제적 이권'을 획득하는 데 집중되어 있다면, 갱단의 욕망은 외계인의 무기를 통해 누구보다 강력해질 수 있는 '힘'을 획득하는 데 집중되어 있다.

MNU 용병은 단지 MNU의 지시를 따르는 존재처럼 보인다. 그런데 이들이 임무를 수행하면서 보이는 모습에서 그들의 욕망을 발견할 수 있다. MNU 용병 대장 쿠버스는 "프런을 죽이는 것이 너무 즐겁다"라며 외계인에 대한 폭력을 서슴없이 행사한다. 여기서 이들이 외계인을 향한 폭력 행사를 통해 희열을 느낀다는 사실을 확인할 수 있다. 쿠버스는 그 욕망을 비커스를 살해하는 것으로 해소하려 한다. 비커스에 대한 추격이 장기화되자 쿠버스는 비커스 생포 명령을 거스르고 그를 사살하라고 지시한다. 쿠버스로 대표되는 용병들은 비커스를 폭력을 행사할 수 있는 쾌감의 대상으로 간주한다.

이처럼 이 영화는 다국적 군수산업 기업체 MNU를 비롯한 인간들의 추악한 욕망을 드러낸다. 페이크 다큐멘터리의 기법을 사용한다는 사실을 통해 보면, 이 영화는 소수자를 향해 멸시의 시선을 보내는 인간의 추악한 욕망을 폭로하려는 메시지를 담고 있다고 말할 수 있다. 즉 이 영화는 초반부 '프런'이라는 경멸에 찬 단어를 말하는 일반인들을 노출해 그러한 소수자 차별의 기제가 실은 그들로부터 '오염'될 수 있다는 두려움에 기초한다는 사실뿐만 아니라, 소수자를 도구로 간주하는 모습을 조명한다. 이를 통해 영화는 누가 더 추악한 존재인가를 반문한다. 즉 생김새와 문화적 습성이 다른 외계인들, 더 나아가 소수자로 지칭될 수 있는 존재보다 자신의 손익을 계산하며 그들을 도구화하는 사람들이 더 추악할 수 있음을 드러낸다. 여기서 우리가 어떤 욕망에 기초해 우리와 '차이'가 나는 존재들을 바라보고 있는가를 질문해 보아야 할 것이다. 우리가 혐오의 시선으로 바라보는 문화적 차이를 지닌 존재들, 가령 2018년 발생한 제주 난민 사태의 이면에는 어떤 욕망이 있었는가를 고찰해야 하지 않을까?

4) 문화적 소수자의 위치에 설 때 발생하는 교감의 가능성

비커스는 자신을 대상화하는 지구인에게서 벗어나 외계인의 세계로 향한다. 자신과 외계인이 성교했다는 가짜 뉴스를 듣고 혐오에 찬 시선으로 바라보는 사람들의 추적을 피해 비커스는 디스트릭트 9으로 들어갔다가 크리스토퍼 존슨의 집에 숨어든다. 크리스토퍼는 비커스의 변이가 검은 액체 때문이며, 사실 지휘선의 원료인 그 액체를 가지고 우주선의 모선으로 돌아가면 비커스를 원래의 인간으로 돌아갈 수 있게 해 줄 수 있음을 말한다. 이에 비커스는 그 원료가 MNU 실험실에 있다는 정보를 제공하고, 그 원료를 찾는 데 도움을 주는 대신 자신을 이전의 상태로 돌려달라고 요구한다.

비커스와 크리스토퍼는 갱단이 보유한 외계인 무기를 탈취해 MNU 실험실에 침입한다. 원료를 찾는 데 몰두한 비커스와 달리, 크리스토퍼는 그 실험실에서 외계인들에 대한 잔인한 생체 실험이 있었다는 사실을 발견하고 슬픔에 빠진다. 이를 본 비커스는 MNU의 사업이 이토록 잔인한 것이었음을 모르고 자신도 동참했다는 것에 대해 크리스토퍼에게 사과한다.

원료를 되찾은 후 크리스토퍼는 동족이 생체 실험 받는 것을 둘 수 없다며 먼저 고향 행성으로 돌아가겠다고 주장한다. 그 기간이 3년 걸린다는 말에 비커스는 분노해 크리스토퍼를 기절시키고 직접 지휘선을 조종해 모선으로 향한다. 하지만 용병들의 미사일 공격으로 지휘선은 격추당한다. 비커스를 차지하려는 용병과 갱단의 싸움에 휘말렸다가 비커스는 결국 갱단의 포로가 되어 잡아먹히려는 위험에 처한다. 그때 크리스토퍼의 아들이 지휘선의 장치를 이용해 모선을 움직인다. 이때 외계인의 무기도 작동되어 강화복이 갱단을 몰살시키고 비커스는 목숨을 부지한다.

강화복을 입은 비커스는 용병에게 붙잡힌 크리스토퍼를 뒤로 한 채 도망치려다가 마음을 돌려 크리스토퍼를 구한다. 여러 번 뒤통수를 친 비커스와 달리, 크리스토퍼는 비커스와 함께하려 한다. 그런데 아들과 고향에 돌아가기를 원하지 않느냐는 비커스의 설득에 크리스토퍼는 반드시 돌아오겠다고 약속하고 떠난다. 크리스토퍼와 그의 아들이 모선에 합류해 지구를 떠날 때까지 시간을 벌며 용병들과 싸우던 비커스는 강화복이 파괴되어 용병 대장 쿠버스에게 죽을 위기에 처하지만, 주변에 몰려든 외계인들의 도움으로 목숨을 건지게 된다.

외계인이 된 후 아내에게 줄 꽃을 만드는 비커스

이후 MNU의 추악한 비밀은 카메라의 기록으로 폭로되고,

비커스의 무고함이 입증된다. 영화는 쓰레기로 만든 꽃이 집 앞에 놓여 있었다는 비커스 아내의 인터뷰 후 한 외계인이 그 꽃을 만드는 장면을 비춰주면서 종료된다. 여기서 비커스가 완전히 외계인으로 변모했다는 사실이 확인된다. 그리고 크리스토퍼가 비커스와의 약속을 이행했는지에 대한 해답은 제공되지 않는다.

이러한 결말 속에서도 비커스와 크리스토퍼가 나눈 교감은 그 자체로 작품 내에서 구현되었다. 물론 이러한 교감의 힘은 비커스가 외계인으로 변모된 이후에야 가능했다. 외계인으로 변모되었기에 비커스는 실험 대상이 되었으며, 잔인한 실험 경험을 통해 외계인들을 향한 도구화된 시선이 얼마나 폭력적으로 작용하고 있는가를 체감할 수 있었다. 크리스토퍼는 비커스가 변이된 것을 확인한 이후에야 비커스를 자신의 친구 폴을 죽인 원수로서가 아니라 고향별로 돌아갈 원료를 찾아줄 수 있는 협력자로 여길 수 있었다. 하지만 작품은 둘의 교감은 더욱 깊어져 가는 모습을 포착함으로써 새로운 가능성을 제시한다. 영화에서 제시한 이 가능성은 문화적 소수자의 위치에 설 때 교감의 길이 열리게 됨을 시사해 준다.

5) 다른 존재와의 접촉을 통해 나를 갱신하기

<디스트릭트 9>은 MNU 같은 다국적 군수산업 기업체의

추악한 욕망을 페이크 다큐멘터리 방식으로 폭로했다. 또한 외계인으로 변이된 비커스가 점차 외계인 크리스토퍼와 교감을 나누게 되는 모습을 조명했다. 여기서 외계인, 특히 혐오감을 불러일으키는 이질적 존재를 향한 교감의 가능성을 어디에서 찾아야 하는가를 생각해 볼 수 있다. 작품 내에서 MNU를 비롯한 인간들은 자신이 지닌 욕망을 충족시키는 방향에서 고착된 모습을 보여준다. 반면 비커스는 비록 강제적인 계기에서 비롯된 것이기는 하지만 외계인으로 변이됨으로써 그들과 자신을 동등한 위치에 두는 변화를 경험할 수 있었다. 이런 비커스의 변화는 특히 크리스토퍼에게 사과한 장면, 즉 외계인을 향한 잔인한 생체 실험 앞에 슬퍼하는 크리스토퍼에게 미안함을 표시하는 장면에서 잘 드러난다.

이 장면 이전까지 비커스는 MNU의 무자비한 실험이 '인간'인 자신에게 가해진 것에 대해 분노하고, 주변 사람들이 자신과의 유대를 진행하는 것에 좌절했다. 크리스토퍼와 동행할 때도 비커스는 크리스토퍼의 아들이 팔을 뻗어 변이된 자신의 팔과 나란히 놓은 후 좋아할 때 노골적인 불쾌감을 숨기지 않고 표출했다. 이는 여전히 자신을 외계인보다 우월한 '인간'으로 여기고 있다는 의식의 발로라 할 수 있다. 그런데 이 장면에 이르러 비커스는 크리스토퍼 역시 동료의 죽음에 대해 슬퍼하는 인격을 지닌 존재임을 자각하고 그와의 정서적 교감을 나눈다. 이처럼 자기의 위치에 그대로 고착되지 않고 다른 사

람과의 접촉을 통해 자신의 위치를 조정해 나가는 것은 소수
자에 대한 혐오의 늪에서 벗어나게 해 주는 길이 된다. 이것
이 보장될 때 교감의 가능성이 열리기 때문이다. 이 작품의
의미는 바로 이 장면에서 가장 빛나는 것이 아닐까.

2. 소수자(minority) 제거를 통한 발전에의 욕망, 소설 『그것』

1) '그것'의 부활

2017년 9월에 스티븐 킹의 『그것』(IT, 1986)이 영화화되었다.
1990년에 1차로 영상화된 이후 27년만인데, 이 기간은 원작에
서 페니와이즈[1]가 돌아오는 주기와 동일하기에 화제가 되기도
했다. 등장인물들의 성인 시절과 유년 시절이 교차 배치된 원
작과 달리, 영화는 유년 시절을 1부로 삼고 성인 시절은 2부
로 미뤄두었다. 이와 더불어 영화의 개봉에 맞춰 국내에서도
원작 소설의 리커버판[2]이 새로 출간되었다. 영화가 개봉되면
서 원작이 살아났다고 해야 할까.

---

[1] 작품 속 악역인 피에로 모습의 괴물. 선사 시대부터 지구에서 활동한 우주적 존재로 설정되어
있다.

[2] 스티븐 킹, 정진영 옮김, 『그것』1-3, 황금가지, 2017. 원작 소설은 1986년 작품이고 국내에
는 2004년 번역되었다가 2017년에 리커버판으로 재출간되었다.

나랑 같이 놀아줄래?

그것

9월6일 IMAX 대개봉

영화 『그것』 포스터

영화에서는 산만하기까지 한 스티븐 킹의 원작을 재현하기 어려웠던 것으로 보인다. 교차 서술을 포기하고 시간순으로 개봉하는 것이나 전체 서사를 2부로 나눈 것은 그러한 곤란함을 해결하기 위해서였을 것이다. 유년 시절을 1부로 몰아 버리면서 영화는 왕따 패거리(루저 클럽)의 모험과 성장에 치중하게 된다. 페니와이즈 역시 상상력이 뛰어난 어린아이들의 공포심을 먹고 사는 것으로 묘사되는데, 그 결과 공포심을 이겨내고 단합한 아이들에게 페니와이즈는 무참하게 패배하고 만다. 지금까지 사회에서 문제아로 분류되었던 아이들은 페니와이즈와의 대결을 통해 성장하고 우정을 확인한다.

원작 소설에서 역시 아이들의 모험과 성장, 단합을 통한 고난의 극복이라는 요소가 중요하기는 하다. 하지만 영화와 달리 원작에서는 아이들의 성장만큼이나 인간 사회 내의 폭력, 특히 약자에 대한 근원적인 폭력이 가시화된다. 폭력을 가하는 주체는 신화적이지만, 폭력의 피해자는 놀랄만큼 사실적인 것이다. 페니와이즈가 무서운 것은, 아이들의 공포를 자극하여 잡아먹는 괴물이자, 동시에 약하고 결함 있는 사람들만 잡아먹기 때문이기도 하다. 약자의 주기적인 배척과 사회의 발전이라는 상상력, 페니와이즈가 21세기에도 부활할 수 있는 원동력은 이러한 폭력에 바탕을 두고 있다. 페니와이즈가 절대적 힘을 발휘하며 폭력을 행사할 수 있는 것은 실상 소수자에 대한 공포가 반영되었기에 가능하다.

2) 사라지는 아이들과 그렇지 않은 아이들

작품에서는 많은 아이들이 실종된 후 결국 살해된 채 발견된다. 페니와이즈의 희생자들은 다양한 부류가 있지만 등장인물의 유년기에 해당하는 1958년의 서사에서는 주로 아이들이 희생당한다. 당장 작품의 시작에서부터 주인공 빌 덴브로의 동생인 조지 덴브로가 페니와이즈에게 살해된 후 발견되면서 빌의 가정이 파탄 난다. 작품 속에서는 많은 아이들이 언급되고 실종당한 후 살해되며, 주요 인물 여섯 명도 페니와이즈의 위협에 직접적으로 노출된다. 이들에게는 공통점이 있다. 사회적으로 배제당할 결점이 있는 것으로 형상화되는 것이다. 서사의 중심인 루저 클럽의 아이들은 말을 더듬거나(빌 덴브로), 학대에 가까운 과잉보호에 고통받거나(에디 카스브렉), 가정 내 성폭력의 위험에 처해 있거나(비벌리 마쉬), 흑인이거나(마이클 핸론), 유태인이거나(스탠리 유리스), 결손 가정의 뚱보(벤 한스컴)이다.

　한편 샐리 뮬러와 그레타 보위라는 이름은 작품을 읽은 사람들도 쉽사리 기억하기 어려울 것이다. 이들은 작품 속 히로인인 비벌리를 질투한다고 볼 수 있는 아이들로, 상권에서 잠깐 나오고 더 이상 등장하지 않으며 작품이 진행되면서 등장인물의 입을 통해 간혹 언급된다. 그리 중요한 비중은 아니기에 비벌리의 캐릭터를 형성하기 위해 동원된 아이들로 본다면 그냥 사라지는 것도 이해할 만하다. 하지만 디테일에 디테일을 쌓아서 서사가 진행되는—인물을 입체화하기 위해 디테일을 쌓다 못해 넘쳐버리는 것은 스티븐 킹의 장기이자, 작품의 서술이 산만해지는 원인일 것이다—『그것』에서 이 인물들은 크게 주목을 받지 못한다. 더 나아가 페니와이즈의 관심도 받지 못한다. 이들은 부잣집 아이들로 페니와이즈가 공략할 약점이 없다. 가난하거나 문제적인 것으로 판별되는 아이들이 페니와이즈에게 살해당할 위험에 처해 있는 반면, 부유한 집의 아이들은 그러한 상황과 전혀 관계가 없다. 사회적 약자인 아이가 살해당하고 그 부모들이 비탄에 빠지는 동안 이들은 번영하는 데리와 함께 풍요롭게 산다.

3) 소수자에 대한 지향성 강한 폭력

　『그것』에서 사회적 약자의 범위는 서사가 진행되면서 점차 확장된다. 1950년대의 주요 희생자인 아이들과 더불어, 페니와이즈는 이전부터 많은 사람들을 희생시켰는데 이들 역시 사회의 소수자인 것이다. 당시 자본가 계급에게는 위협적으로 보였을 노조원(이자 동성애자라는 혐의를 받았다), 흑인, 동성애자, 그리고 많은 아이들은 여지없이 페니와이즈의 희생양이 된다. 이들은 사회에서 배척당하고 압박받으며, 페니와이즈는 소수자로서 힘이 없는 그들을 쉽게 사냥한다. 이들의 죽음은 한때 주목받긴 하지만 이내 조용히 사그라든다. 이들 소수자들은 결국 사회에서 보이지 않는 사람들이기 때문이다.

이처럼 보이지 않는다는 것은 실상 보지 않는다는 말과 같으며, 이는 상위 계층의 욕망과 연결되어 있다. 이들은 자신과 다른 소수자를 목격하고 싶어 하지 않는다. 자신들의 삶에 소수자는 없는 사람들이며, 아무런 적의 없이 소통을 원하는 대상조차 무시의 대상이 될 뿐이다. 앞서 언급한 샐리 뮬러와 그레타 보위는 웨스트 브로드웨이의 부자 동네에 살며, 작품 속 서사를 이끄는 아이들과는 다른 세상에 속해 있다. 크로케 경기를 하다 날아간 공을 찾아 나선 그레타 보위는 손을 들어 인사를 건네는 에디를 무시한 채 자리를 떠난다. 사회 내에서 소수자들은 교섭이나 대화의 상대가 아니며 보이지 않는 존재로 남아 있어야 한다.

페니와이즈가 이처럼 사회 속에서 보이지 않는 취급을 당하는 사람들을 사냥감으로 정한다는 것은 의미심장하다. 페니와이즈가 가하는 폭력은 무차별적인 공격이 아니라 지향성이 강한 폭력이다. 페니와이즈는 당대 사회의 문제이자 최약자로 보이는 존재들을 공격한다. 사회에서 소외된 약자들이 음습한 곳에 무방비로 남아 있다는 현실적인 문제를 넘어, 페니와이즈는 그의 시야에서 벗어난 웨스트 브로드웨이의 부자들과 공모 관계로 보인다. 웨스트 브로드웨이의 사람들 역시 사회의 소수자를 무시하면서 성장하기 때문이다. 27년 내외를 주기로 페니와이즈는 사회적 약자를 소탕하며 그와 함께 데리는 시골 촌구석에서 점차 큰 규모의 도시로 성장한다.

이때 소수자는 공포의 대상으로 형상화된다. 이들은 나름의 특성을 지닌 존재가 아니라 사회를 오염시키고 발전을 저해하는 악(惡)으로 드러난다. 노조원은 자본주의 사회의 근간을 흔들고, 동성애자는 사회의 윤리를 위협하며, 문제아들은 개선의 여지가 없다. 그리하여 소수자에 대한 공격에는 거리낌이 없다. 이는 단순한 폭력이 아니라 사회를 위한 정화(淨化)이기 때문이다.

4) 소수자의 배제를 통한 건강한 사회의 건설

소수자에 대한 페니와이즈의 폭력이 25~27년을 주기로 반복된다는 것은 세대의 교체 시기와 함께 폭력이 일어난다는 의미로 볼 수 있다. 이 주기는 페니와이즈의 주요 목표인 아이들(13세 이하)이 어른이 되어 폭력의 존재를 망각할만한 기간이자, 폭력을 통해 제거된 사회적 결여들이 다시금 고개를 내미는 시기로 보인다. 사회적 규율에 맞춰 아이들이 기성세대가 되고, 소수자들이 다시금 사회에 나타나는 기간인 것이다. 그때가 되면 페니와이즈는 사회 속 폭력성을 높이면서 이들을 제거하고 그 결과 사회는 성장한다. 1950년대에 촌구석의 모습을 하고 있던 것과 달리 1980년대 데리는 상당한 규모의 도시로 성장해 있는데 이는 페니와이즈와 직접적으로 연관되어 있다. 하권 말미에 페니와이즈가 소멸한 뒤 데리 역시 엄청난 폭풍우 속에서 말 그대로 땅속으로 가라앉는 모습은 데리의 성장이 페니와이즈의 영향 아래 있음을, 약자에 대한 폭력이 도시의 성장과 직접적인 연관을 가지고 있음을 드러낸다. 데리는 사회적 약자를 향한 페니와이즈의 폭력을 내면화하면서 성장한 것이다.

이러한 생각은 『그것』에서만 드러나지는 않는다. 영화 <더 퍼지>(The Purge, 2013)에서는 '새로운 건국의 아버지들'(이하 '아버지들')이 집권하고 있는 근미래의 미국이 형상화된다. 영화 속에서 '아버지들'은 혼란스러운 미국의 상황을 정리하고 국가를 구원한 것으로 드러난다. 그리고 이들은 일 년에 한 번, 12시간 동안 모든 범죄를 합법화하는 퍼지 데이를 만들어 국민들에게 무분별한 폭력을 허용함으로써 국가 건설 동안 억눌렀던 욕망을 무제한으로 허용한다.

하지만 이러한 폭력 역시 무분별하지만은 않다. 퍼지 데이

영화 〈더 퍼지: 거리의 반란〉 포스터

를 대비하여 중산층들은 보험에 들고 보안회사와 계약하여 퍼지 데이를 무사히 넘길 수 있도록 각종 장비를 구매하고 보안 시설을 구축한다. 또는 무기와 병력을 고용하여 직접 인간 사냥에 나서기도 한다. 그 와중에 희생되는 자들은 무기와 보안 장비를 구매할 여력이 없는 하층민들이다. 아버지들은 폭력적 상황을 극복함으로써 새로운 미국을 건국했지만, 일 년에 한 번 폭력을 허용하여 사람들의 욕구 불만을 해소하며 사회의 약자들을 최소한의 비용으로 함께 처리하는 방법을 만든 것이다.

이 영화에서 드러나는 것 역시 지향성 강한 폭력이다. 사회적 약자의 제거를 통해 사회에 쌓인 불만을 제거함과 동시에 인구를 조절하고 약자에게 사용할 사회적 비용을 경감하면서 국가가 지탱된다. 피에로 분장을 하고 나타나는 페니와이즈와 각종 가면으로 자신의 얼굴을 가리고 인간 사냥을 하는 퍼지 데이의 사냥꾼 이미지가 겹치는 것은 과연 우연일까. 폭력을 통한 사회의 쇄신이라는 방식 속에서 폭력이 당대 사회의 약자들을 겨냥하는 것은, 무분별해 보이는 폭력이 사회의 구조에 의해 분할되며 선별적으로 작동함을 의미한다. 페니와이즈든 인간 사냥꾼이든 외부적 악으로 보이는 존재들은 실상 사회적 약자를 겨냥하는 사회 내적 폭력과 관련되어 있다. 건강한 사회 혹은 강력한 사회를 만들겠다는 열망은 사회적 약자를 일종의 문제로 파악하여 공격의 대상으로 만든다. 이때 소수자에게서 사회가 느끼는 공포는 사실 허구적인 것이다. 공포로 인해 폭력이 발생하기는 하지만, 오히려 이러한 공포는 폭력을 정당화하기 위한 핑계에 가깝다. 소수자가 사회를 약하게 하고 오염시킬 수 있다는 공포는 그에 대한 무차별적인 폭력을 정당화하기에 너무나 적당하다.

5) 폭력과 사회의 공모 관계에 대한 형상화

스티븐 킹은 『그것』에서 페니와이즈를 통해 폭력과 사회의 공모 관계를 드러낸다. 폭력은 사회 계층에 따라 분할되어 하위 계층을 향한다. 페니와이즈로 형상화된 폭력이 대상을 포착하는 시선을 장악할 때, 웨스트 브로드웨이의 부자들은 시야에서 사라지며 사회의 소수자만이 포착된다. 사회의 상층 계급은 폭력의 현장에서 발을 뺌과 동시에 그러한 희생을 통해 데리의 성장을 이루고 자신들의 부를 구축한다. 소수자를 향해 내면화되어 있는 폭력, 그리고 이와 공모한 사회라는 현실이 『그것』에서 가시화된다.

『그것』 상권에서 스티븐 킹은 빌 덴브로의 입을 빌어 자신의 창작관을 드러낸다. 대학에 들어가 소설 창작 수업을 드는 빌은 작품에 정치적 내용이 빈약하다는 이유로 학생들과 교수에게 심한 비판을 받는데, 정작 빌이 생각하는 소설이란 그런 것이 아니다. 빌은 사람들이 널리 읽고 즐길 수 있는 재미있는 내용이야말로 소설의 본질이라 생각한다. 그렇다면 호러 소설인 『그것』의 본질이란, 사람들에게 진정 공포스럽다고 납득될만한 내용일 것이다. 그래서 탄생한 것이 페니와이즈, 피에로 모습을 하고 사람들의 공포심을 자극하여 결국 잡아먹는 괴물이다.

그 희생자들이 사회적 폭력의 대상인 소수자라는 것, 그리고 그러한 상관관계가 정치적인지 아닌지에 대해 스티븐 킹은 관심이 없을지도 모른다. 하지만 페니와이즈를 통해 스티븐 킹은 약자들에 대한 사회적 폭력을 가시화하는데 성공한다. 페니와이즈가 공포스럽다면 이는 페니와이즈가 사람을 잡아먹는 괴물임과 더불어, 누가 사회적 약자인지를 명확히 구분하며 그들의 희생에 아무도 신경 쓰지 않음을 알고 있기 때문이다.

그러한 희생이 동성애자, 유색인종, 괴상한 아이들에 대한 마땅한 몫이라면 이는 파시즘의 영역에 속할 것이다. 사회 일반과 다른 자들, 불건전하며 사회를 오염시키는 자들이 박멸

되어야 사회가 건강해지고 발전할 것이라는 생각은 어디까지든 확장될 수 있기 때문이다. 소수자에 의해 사회가 오염될 수도 있다는 공포심과 그로 인한 폭력의 행사는 모두가 묵인하는 가운데 합리적인 것처럼 진행된다.

6) 언제나 회귀할 수 있는 소수자에 대한 공포증

다만 『그것』에서 포착된 사회적 폭력은, 그것이 사회 내적인 문제임에도 불구하고 철저히 외부적 타자의 소행으로 수렴된다는 점에서 한계를 보이기도 한다. 결국 살인은 페니와이즈에 의해 자행되는 것이다. 이는 만악의 근원인 괴물을 퇴치하기만 하면 사회는 다시금 안정을 찾을 수 있다는 말과 같다. 그리고 이 작품의 주인공들은 이를 철석같이 믿는다. 그렇기에 괴물에 대한 두려움을 누르고 유년 시절의 약속을 지키기 위해 다시 데리에 모이는 것이다.

『그것』에서는 페니와이즈가 선사 시대부터 존재한 악(惡)임을 명확하게 설명하고 있다. 세계를 창조한 존재와 대적할 정도의 힘을 가진 페니와이즈의 의도를 한낱 사람들이 거부할 수는 없다. 그리하여 역사와 함께 이어져 온 온갖 폭력과 희생의 책임은 페니와이즈에게로 넘어간다. 그리고 한때는 사회적 약자였지만 성장한 이후에도 유년 시절의 우정과 약속의 힘을 믿는 자들이 이에 대항해서 승리하는 것이다.

이처럼 『그것』에서는 사회 내적으로 자행되어 온 폭력, 즉 소수자라는 공포에 대한 반응이 누가 봐도 혐오할 수밖에 없고 이해할 필요도 없는 외부의 타자에 의한 것으로 나타난다. 그리고 이에 대항해 우정과 약속, 용기 등의 미덕이 사회 내에 자리 잡으며 페니와이즈라는 외부의 타자를 퇴출시킨다. 페니와이즈의 소멸과 함께 악의 소굴이었던 데리도 땅속으로 가라앉고 나머지 사회는 안정을 찾는다. 이렇게 볼 때 작품의 서사를 추동하는 것은 이해할 수 없는 외부의 악한 타자와 이에 대항하는 단합된 사회라는 구도이며, 외부의 악한 타자가 있기에 사회는 단합하고 썩은 부분을 도려낼 수 있기도 하다. 이는 어디에서 많이 본 구도 아닌가? 누구를 탓하고 도려내서 사회를 단합시킨다는 상상 말이다.

『그것』에서 사회적 약자를 지향하는 폭력은 페니와이즈에게서 비롯된 것으로 형상화되고 작품의 서사는 그러한 외부적 타자에 대한 대항으로 진행된다. 이를 통해 사회에 내면화된 소수자에 대한 공포와 폭력은 슬그머니 페니와이즈라는 이해할 수 없는 존재로 떠넘겨진다. 페니와이즈는 저 멀리 고대에서부터 그런 존재였기에, 페니와이즈가 사람을 잡아먹는 것은 문제가 되지 않는다. 하지만 이를 통해 사회는 우정과 용기라는 미덕을 자신의 몫으로 차지하고, 소수자에 대한 공포라는 문제는 만악의 근원이자 공포의 대상인 페니와이즈가 퇴치되면서 해결된 것으로 형상화된다.

물론 이러한 해결 방법은 사회적 문제에 대한 개인들의 연대, 용기, 극복의 실현으로 볼 수도 있다. 하지만 사회 내적인 문제가 어느새 개인이 지닌 미덕의 문제로 전환되는 상황, 그를 통해 외적인 악을 징벌하는 해결 방식은 항상 경계해야 한다. 이는 데리의 상위 계층과 페니와이즈가 해왔던 일과 다를 바 없기 때문이다. <용감한 루저 클럽 : 사악한 페니와이즈>라는 구도는 <건강한 중산층 : 퇴폐적인 소수자>라는 구도와 언제나 겹쳐질 수 있다. 작품은 페니와이즈의 죽음과 함께 해피엔딩으로 마무리되지만, 현실은 그렇지 못하다. 자신보다 약하거나 소수인 집단에 공포를 투영하고 이를 처리함으로써 사회를 정상화시킨다는 상상은 언제 어디서나 다시 등장할 수 있는 것이다. 어떤 대상이 공포스러울 때, 이를 극복하는 것은 합리적이자 미덕으로 보일 수 있다. 하지만 먼저 그 대상이 과연 공포를 만들어내는 것인지를 따져보는 것이야말로 문제를 해결하기 위한 시작일 것이다.

제6장 권력자가 자아내는 공포

1. 외계인의 뒤에서 약동하는 자본과 기업의 욕망
   -영화 〈에이리언〉 1, 2

1) 우주 괴물과의 전투 : 에이리언 시리즈

〈에이리언〉(Alien) 시리즈는 1979년에 시작하여 1997년까지 네 편이 만들어졌고, 이후 1편의 감독인 리들리 스콧이 복귀하여 프리퀄 격인 영화가 두 편[1] 제작되었다. 이 시리즈의 골자는 동일하다. 주인공인 리플리가 에이리언[2]과 조우하고, 자신을 해치려는 에이리언과 싸워 살아남는 이야기이다. 하지만 네 편의 정식 시리즈를 담당한 감독은 모두 다르며 그 결과

---

[1] 프로메테우스(Prometheus, 2012), 에이리언 커버넌트(Alien: Covenant, 2017)

[2] 영화 내에서 에이리언이라고 지칭되지는 않는다. 구체적인 명칭으로 볼만한 것 역시 제노모프 (xenomorph)라는 언급 정도이다. 다만 이 글에서는 익히 알려진 명칭인 에이리언을 사용한다.

영화 〈에이리언〉 1의 포스터

에이리언 시리즈는 각 편마다 고유한 분위기와 연출 방식을 가진 것으로 잘 알려져 있다. 당장 1편과 2편만 비교해보더라도 1편이 주로 어두운 조명의 제한된 공간에서 한정된 인원으로만 영화가 진행되는 반면 2편은 활용하는 공간도 넓고 등장하는 사람도 많으며, 에이리언도 더 많이 나온다.

사실 장르로 따지더라도 1편이 SF 호러라면 2편은 액션 블록버스터에 가깝다. 1편에서는 자신들을 습격한 생물의 정체도 모르고 무력하게 당하는 인간들에 초점이 맞춰져 있다면, 2편에서는 자신들이 대항해야 하는 존재를 인지한[3] '해병대'가 각종 화기로 에이리언에게 대항하는 이야기이기 때문이다. 그리하여 그저 외계 생물과 싸운다는 정보만 가지고 1편에서 화려한 전투를 기대하거나, 2편에서 미지에 대한 공포를 찾으려 한다면 실망할 가능성이 크다.

---

[3] 해병대의 지휘관인 고먼 중위가 작전에 관한 안내를 할 때, 제노모프(xenomorph)라는 언급을 한다. 이는 '외계의 생물'이라는 뜻의 명사로, 알려지지 않은 생명체로서 무언가 위험한 것을 상대하러 간다는 인식 정도는 있는 것이다.

하지만 그중에서도 1편과 2편은 영화가 작동하는 공통된 배경을 가지고 있다. 1편과 2편 모두 웨이랜드 유타니라는 거대 기업의 관리 아래 사건이 진행된다는 것이다. 1편에서 채석한 광물을 운송하던 노스트로모 호가 정체불명의 신호에 위험을 무릅쓰고 LV-426이라는 미지의 위성에 착륙한 것도 회사와의 계약 때문이고, 2편에서 해병대까지 동원하여 LV-426의 개척자를 구출하러 가는 것 역시 웨이랜드 유타니라는 기업의 자본 없이는 불가능한 일이다. 실상 막강한 자본을 바탕으로 한 거대 기업이 아니었다면 화물선의 승무원들이 에이리언을 만날 일은 없었을 것이다. 사람들을 사냥하는 에이리언처럼, 자본과 기업 역시 아무런 주저 없이 승무원들을 사지(死地)로 몰아넣는다. 에이리언으로 인한 공포 뒤에서 막강한 자본과 거대 기업의 욕망 역시 냉혹하게 움직이는 것이다. 위험한 외계 생물에 대한 공포는 자본과 거대 기업에서부터 시작된다.

2) 에이리언: 완벽한 인간 사냥꾼

우선 <에이리언> 시리즈에서 무서움을 자아내는 원인은 에이리언 그 자체일 것이다. 알에서 태어나 에이리언의 유충을 품고 있는 페이스 허거(face hugger)나 유충이 자라 희생자의 가슴을 뚫고 나오는 체스트버스터(Chestburster)[4]는 물론이

제노모프의 형태

고, 그 결과 등장하는 에이리언 역시 사람들의 혐오감을 자극하는 외양이다. 금속 느낌이 나는 골격에 맨들맨들한 머리, 길고 뾰족한 꼬리와 튼튼한 이빨은 괴물이나 악마의 모습을 연상하게 한다. 사람들이 흔히 생각하는 포유류 포식자의 모습은 아닌 것이다. 더욱이 이들 에이리언이 사람의 몸에 기생하여 번식한다는 사실은 관객의 혐오감을 극대화한다.

이러한 혐오감과 더불어 에이리언이 공포심을 자극하는 이유는 희생자를 사냥하면서 어떤 죄책감이나 주저도 없다는 점에 있다. 번식이라는 목적을 위해 중요한 것은 효율성이지 희생자의 입장은 아닌 것이다. 상대가 누구이든 번식에 적합하면 덤벼들어 차지하는 방식은 냉혹하면서도 효율적이다. "완벽한 구조에 어울리는 잔인성. 그 순수성에 감탄해. 양심이나 후회, 도덕이라는 망상에 물들지 않은 생존자야."라는 과학 장교 애쉬의 에이리언에 대한 찬탄은 이런 점에서 적합하다.

하지만 영화에서는 이러한 외양들이 자주 등장하거나, 에이

---

4 페이스 허거는 희생되는 사람의 얼굴을 다리로 껴안고, 입을 통해 식도로 에이리언의 유충을 집어넣기에 붙여진 이름이다. 체스트버스터는 유충이 자라서 번데기에서 나오는 것처럼, 에이리언이 사람의 몸속에서 성장하여 가슴을 찢고 나오는 모양에서 붙여진 이름이다.

리언이 희생자를 공격하는 장면을 통해 공포감을 배가시키지는 않는다. 가능한 한 많은 피를 튀기는 슬래셔 무비와 달리 <에이리언> 1편에서는 에이리언이 그리 많이 등장하지는 않으며, 등장하더라도 에이리언의 전신이 나오는 경우는 거의 없다. 더욱이 승무원들을 위협하는 에이리언의 숫자는 하나일 뿐이다. 오히려 에이리언은 등장인물들을 쫓고 위협하며 잠복하고 있다는 점에서 압박감을 준다. 에이리언은 포식자이지만 자신의 위력을 활용하여 모든 것을 찢어발기지는 않는다. 에이리언이 행하는 폭력 자체만이 영화를 가득 채우고 있지는 않다.

이러한 방식은 관객들에게 영화 속 공포의 근원을 찾아내기 위한 여유를 준다. 에이리언이 자주 등장하여 등장인물과 직접적으로 충돌하는 방식이었다면 공포의 대상은 에이리언 그 자체에만 머물렀을 가능성이 크다. 모든 공포의 근원이 에이리언에게 집중될 수 있었던 것이다. 실상 영화에서 주인공인 리플리를 비롯한 승무원들이 겪는 상황은 원래 겪지 않아도 되는 것이었다. 승무원들의 고용주인 거대 기업 웨이랜드 유타니와의 계약 조항으로 인해 승무원들은 LV-426으로 갈 수밖에 없었으며, 에이리언과의 충돌은 그러한 과정의 결과물일 뿐이다. 에이리언으로 인한 공포의 발생은 결국 승무원을 압박하는 다른 권력에서 비롯한 것이다. 1편에서 에이리언을 제한적으로 노출시키며 더 큰 공포의 근원을 제시하였기에, 2

편에서 에이리언과의 직접적 충돌이라는 내용을 다루면서도 그러한 문제 의식이 선명히 드러난 것이라고 할 수 있다. 자신의 영역으로 들어온 사람들을 해친 것은 에이리언이지만, 사람들을 에이리언이라는 공포의 대상과 만나도록 한 것은 자본을 바탕으로 한 기업이다.

3) 인간의 생명을 장악하는 자본-기업과의 계약 관계

리플리와 승무원들이 에이리언과 만나게 되는 이유는, 그들이 거대 자본과의 계약에 묶여 있는 상태이기 때문이다. 일단 <에이리언>에서 일어나는 서사는 거대한 자본이 없이는 불가능하다. 1편의 노스트로모 호는 외계의 행성에서 채굴한 이천만 톤의 광물을 지구로 운송하는 화물선이다. 장기간의 우주 여행을 위해 수면 상태에 있던 승무원들은 무인 행성인 LV-426에서 발신되는 특정한 신호로 인해 깨어나게 된다. 이는 회사와의 계약 조항 중 '모든 지적 생명체에서 나오는 발신음을 탐색한다'라는 내용과 관련된다. 승무원들에게는 선택의 여지가 없는데, 계약 조항을 위반할 경우 보수가 전액 몰수되기 때문이다. 노동에 대한 보수는 생존을 위한 기본 조건으로, 결국 승무원들의 생존은 거대 기업에 달려 있는 것이다.

그러므로 화물 이천만 톤을 운송하는 엄청난 기계를 조종하는 것도, 지구로 돌아가고 싶다는 인간적 욕구를 억누르는 것도 모두 회사와의 계약에 달려 있다. 발신음에 대한 계약 조항으로 인해 우주선의 관리 프로그램인 '마더'가 승무원의 수면 상태를 해제하고, 거대한 우주선은 궤도를 재설정하며, 인간 역시 행동을 제약당한다. 1편에서 서사의 동력, 말 그대로 인간과 우주선의 움직임 자체를 통제하고 사건을 일으키는 요소는 막대한 자본 및 그 자본과의 계약 관계이다.

이 계약 관계가 작동하는 방식은 다분히 비인간적이다. 기생 생물의 잔해(페이스 허거)를 처리하기 위한 결정 과정에서도 중요한 것은 인간의 안전이 아니라 회사의 방침이다. 회사에서 배정한 과학 장교의 의견에 따라 노스트로모 호에서는 기생 생물의 잔해를 지구로 가져가기로 결정한다. 제대로 된 검역 절차를 거치지 않았음에도 회사는 자신들의 이익을 위해 인간의 안전을 무시한다.

특명 937
노스트로모 호 새로운 좌표로 진로 변경
생명체 탐사, 견본 채취
우선 사항. 분석을 위한 유기체를 반드시 지구로 운반할 것
다른 모든 고려 사항은 부차적임. 승무원의 희생도 감수한
다(Crew Expendable).

리플리가 에이리언에 대한 정보를 '마더'에게 요구하다 결국 알아낸 특명 937의 내용은 자본과 인간의 관계를 명확히 드러낸다. 에이리언을 무조건 확보해야 하며 그 과정에서 희생이 일어나도 된다는 것이다. 웨이랜드 유타니라는 기업에게 자본과 관련된 우선권은 자본을 통해 획득할 수 있는 결과물에 있다. 그 과정에서 인간은 부차적인 것으로 밀려난다. 웨이랜드 유타니라는 거대 기업에게 에이리언의 확보는, 목표 달성을 위해서라면 인간마저 소모품으로 취급할 수 있는 효율적 과정에 불과하다.

이러한 관계는 2편에서도 동일하게 드러난다. 우주선을 자폭시키고 탈출선에서 동면 상태로 수십 년을 떠돌다 구조된 리플리는 회사의 권유로 해병대의 자문 역할을 맡게 된다. 테라포밍 중인 LV-426에서 연락이 끊긴 개척자들을 구조하러 가야 하기 때문이다. 그리하여 2편에서는 에이리언들과의 전면전이 부각되고 군인이 등장하며, 각종 무기로 전투가 벌어진다.[5] 에이리언들이 개척자를 습격한 것으로 보이고, 리플리와 군인들은 개척자를 구하기 위해 나아가 자신들의 목숨을 지키기 위해 에이리언과 처절하게 싸운다.

이렇게 볼 때 2편에서는 에이리언 자체로 인한 공포가 배가된다. 특히 1편과 달리 에이리언이 숙주로 쓰기 위해 사람들을 납치한 환경이 시각적으로 더 선명하게 드러나기에 관객

[5] 영화 포스터에도 'THIS TIME IT'S WAR'라는 문구를 통해 영화가 지향하는 바를 드러내고 있다. 1편과 달리 2편은 총이 나오는 액션 영화다.

들의 혐오감은 에이리언과 그 부산물로 향하게 된다. 더구나 2편에서는 알을 낳는 '퀸(queen) 에이리언'이 등장하면서 관객의 시선을 끌어들인다. 에이리언은 개척자들을 덮쳐 자신들의 숙주로 삼아 번식하고 그들을 구하러 온 사람들의 목숨까지 위협한다.

영화 〈에이리언〉 2의 포스터

하지만 2편에서 역시 인간과 에이리언의 조우는 기업과 자본에 의한 것이다. 개척자들이 확보한 에이리언 관련 견본의 처분을 놓고 버크[6]와 대립하던 리플리는, 버크가 개척자들에게 어떤 위험 상황도 알려주지 않았음을 폭로한다. 버크는 자신은 잘 몰랐다면서도, 위험의 가능성을 알렸다면 정부가 개입하여 LV-426 개척에 대한 독점권을 따지 못했을 것이라고 항변한다. 1편에서 승무원들을 죽인 에이리언의 유충이 남아 있을지 모르는 상황에서 웨이랜드 유타니는 행성 개척의

---

[6] 웨이랜드 유타니에 소속된 인물로, 리플리의 우주선 폭파 사건에 대한 이사회에 참석했다. 추후 리플리에게 LV-426 구조 작전의 고문이 되어달라고 부탁하고 자신 역시 작전에 참여한다. 영화에서 가시화되지는 않지만, 회사 측의 지시로 에이리언 샘플을 확보하려는 목적을 가졌을 가능성이 높다.

독점권을 차지하기 위해 개척자들을 사지로 내몬 것이다. 더 나아가 버크는 검역소를 통과하기 위해 리플리의 몸에 에이리언의 유충을 집어넣으려는 목적으로 페이스 허거를 풀어놓기까지 한다. 1편의 승무원들이 회사에게 소모품 취급을 당한 것과 마찬가지로, 2편에서 역시 회사는 계약 관계의 당사자를 목적 달성을 위한 수단으로밖에 취급하지 않는다.

<에이리언> 1편이 대항할 수 없는 미지의 존재에 의해 승무원들이 차례대로 살해당하는 호러 영화의 방식이라면, 2편은 각종 무기로 적대적인 집단에 대항하는 액션 영화의 방식이다. 이 두 편에서 적으로 상정되는 에이리언은 혐오스러운 공포의 대상으로 관객들의 시선을 사로잡는다. 하지만 인간과 에이리언이 만나 서로 싸우는 과정은, 결국 인간을 계약으로 옭아매어 도구화하는 기업과 자본의 속성에서 비롯한다. 인간의 입장에서 사람을 숙주로 삼아 번식하는 에이리언이 공포스러운 것은 사실이다. 하지만 기업이 이들을 포획하려고 하지 않았다면 인간과 에이리언의 조우가 없었을 것이라는 점도 사실이다. 인간과 에이리언은 모두 기업과 자본에 포획되어 있으며, 그 틀에서 서로 죽고 죽인다.

4) 순수하면서도 잔인한 방식으로서의 자본 논리

이처럼 인간을 위협하는 에이리언의 배후에는 목적을 위해 인간을 소모품으로까지 취급할 수 있는 자본-기업이 있다. 이러한 냉혹한 사냥꾼 앞에서 인간들은 자기 나름의 방식으로 대항한다. 이들은 인간적 관계를 맺고 그 관계를 지키기 위해 가망이 없더라도 투쟁한다. 1편과 2편의 등장인물들은 오랫동안 호흡을 맞춰온 관계로 서로에게 스스럼없다. 계약으로 맺어진 관계이기는 하지만 단지 계약을 통한 동료 관계를 넘어선다는 뜻이다. 1편의 시작과 함께 동면 상태에서 벗어난 승무원들은 식사를 하고 담배를 피우는 모습으로 등장한다. 이는 한 장면으로 등장인물 모두를 관객들에게 소개하기 위한 장치임과 동시에, 이들의 관계를 암시하는 방식이기도 하다. 이들 승무원들은 같이 잠을 자고 일을 하며 식사를 하는 인간적인 관계를 맺고 있다. 그러므로 LV-426에서 나오는 발신 신호를 조사하러 갔다가 페이스 허거에게 공격당한 승무원을 검역 절차를 무시한 채 화물선 안으로 들여오는 것이다. 이들은 다른 모든 승무원이 감염될 위험이 있을지라도 언제 죽을지 모르는 동료를 24시간이 지나도록 방치하지 않는다.

이는 2편에서도 마찬가지이다. 2편에 등장하는 해병대원들은 끈끈한 유대감을 가지고 있으며, 이들이 동면에서 깨어난 뒤에 하는 일 역시 모두 모여 식사를 하는 것이다. 그들과는 다른 관계이기에 겉돌고 있는 주인공 리플리의 경우 개척자 중 유일한 생존자인 '뉴트'의 보호자로서 관계를 맺고 어머니 같은 역할을 한다. 그리하여 해병대원들은 혼자 효율적으로 도망가기보다는 에이리언에게서 서로를 지키기 위해 싸우다 죽고 리플리 역시 에이리언에게 끌려간 뉴트를 구하기 위해 가망 없는 싸움에 도전한다.

이러한 인간적인 관계를 에이리언 뿐 아니라 회사 측의 인물이 위협한다는 점에서도 1편과 2편은 동일하다. 1편에서는 과학 장교 '애쉬'가, 2편에서는 버크가 회사를 대표하는 인물인데 이들은 기업과 자본을 대신해서 계약 관계의 인물들을 감시하고 회사의 목표를 위해 그들을 도구화하려는 존재이다.

애쉬는 인조인간으로, 회사가 에이리언의 견본을 수집하려는 목적을 달성하기 위해 급히 노스트로모 호에 잠입시킨 것이다. 애쉬는 리플리가 특명 937호의 내용을 입수하자 자신의 목적을 달성하기 위해 리플리를 공격하다 제압당하는데, 에이리언의 약점을 묻는 리플리에게 오히려 에이리언에 대해 감탄하는 반응을 내놓는다. 양심도 없고 후회하지도 않기에 순수하게 잔인할 수 있고, 그래서 살아남았다고.

회사에 의해 프로그램된 애쉬의 찬탄은 어찌 보면 당연한 것이다. 얼마 되지 않는 몸값의 승무원을 희생시켜 에이리언의 견본을 확보하기만 하면 생체 무기를 개발하여 막대한 돈을 벌 수 있는 상황에서, 가족 같은 관계이기에 서로를 보호하고 끝없이 저항하는 것은 이해하기 힘든 일이다. 그것은 망상일 뿐이며 기업의 목적을 달성하는 데 방해가 되기에 '완벽한 구조'에 어울리는 순수한 잔인성으로 파괴해야 할 대상이다.

2편에서 이러한 시각은 버크에게로 넘어간다. 버크는 애쉬처럼 에이리언을 찬탄하지는 않지만 시각은 동일하다. 분석 후 견본을 파괴하라는 리플리의 말에 버크는, 생물학 무기에 적용하면 엄청난 가치가 있다고, 영웅 심리를 버리고 발상을 전환하면 더 나은 삶을 살 수 있다고 말한다. 버크에게 에이리언으로 인해 죽은 157명의 목숨은 아무것도 아니다. 인간의 생명에 대한 위협을 제거하겠다는 의지는 영웅 심리일 뿐이며 '더 나은 삶'이란 견본을 통해 확보할 수 있는 돈에 달려 있다. 여기에서 인간은 개별적으로 가치를 가진 존재가 아니라 돈으로 교환될 수 있는 양적인 대상으로 격하된다.

이를 통해 <에이리언>에서는 가족 관계로 대표되는 인간들과 이를 파괴하면서까지 목적을 달성하려는 자본-기업의 구도가 형성된다. 영화에서 에이리언이 사악한 공포의 대상이 되는 것은 실상 이러한 구도로 인한 것이다. 에이리언에 대한 애쉬의 찬탄은 순수하면서도 잔인하게 모든 방해물을 파괴하고 목적을 달성하려는 자본의 시선이 투영된 것일 뿐이다. 냉혹한 사냥꾼으로서 공포감을 자아내는 에이리언의 뒤에서, 자본-기업은 에이리언과 마찬가지로 후회나 주저 없는 효율성의 논리를 펼치고 있다. 에이리언만큼이나 자본-기업은 인간의 목숨을 쥐고 흔든다.

5) 고전적이지만 여전한 가치

영화 <에이리언> 1편과 2편에서 서사의 핵심은 리플리와 에이리언 간의 충돌이 분명하다. 강력한 괴물의 위협에서 살아남기 위해 투쟁하는 인물의 서사는 1편에서는 호러의 방식으로, 2편에서는 액션 블록버스터라는 방식으로 구현되었다. 하지만 영화에서 그러한 서사적 핵심을 끌어내는 요소는 바로 자본-기업에 의해 구현되는 논리이다. 자본-기업의 이익을 위해서 어떤 희생을 감수하더라도 목표를 달성할 것, 그리고 그처럼 희생을 감수할 수 있는 의지야말로 완벽하고 순수한 것으로 찬탄할 것. 이것이 바탕에 깔려야 인간과 에이리언은 만나게 된다.

영화의 서사에서 일어나는 선택은 이러한 논리를 넘어서기 위한 끊임없는 노력의 결과이다. 비용과 최대 효율의 논리에서 벗어나기 위한 노력. 그리하여 <에이리언>의 등장인물들은 희생이 예견되는 상황에서도 가족 같은 동료를 구하기 위해 노력한다. 1편에서 홀로 간신히 살아남은 리플리는, 2편에서 딸과 같은 뉴트[7]를 구하고 해병대원 힉스와 인조인간 비숍 역시 구한다. 자본-기업의 논리가 애쉬라는 인조인간이나 에이리언만도 못한 버크[8]라는 존재로 대변되는 것을 감안한다

---

[7] 퀸 에이리언과의 대결이 끝난 후 뉴트는 리플리를 엄마(Mommy)라고 부르면서 안긴다. 이전 장면까지 리플리를 그렇게 부른 적이 없다는 점에서 주목할만하다.

면, 이러한 논리에 대항하는 것은 여전히 인간적인 가치에 대한 믿음이라는 해석일지도 모른다. 이러한 믿음은, 고전적이라면 고전적이지만 여전히 유효할 것이다. 인간을 가족으로 보는 시선만이, 자본의 소모품에서 인간을 구별해낼 수 있을 테니 말이다.

2. 타자에서 공존으로, 영화 〈괴물〉

1) 감독 봉준호 그리고 영화 〈괴물〉

2019년 한국 영화의 위상을 세계에 떨친 일이 발생했다. 세계 3대 국제영화제라고 불리는 칸 영화제에서 봉준호 감독의 〈기생충〉이 황금종려상을 수상했기 때문이다. 그는 2000년 장편영화 〈플란다스의 개〉를 시작으로 〈살인의 추억〉(2003), 〈설국열차〉(2013), 〈옥자〉(2017) 등 주목할 만한 영화를 만들어왔다.

그의 영화들이 흥미로운 이유는 그가 다양한 영화 형식을 통해 사회적인 메시지를 전하는 감독 중에 한 사람이기 때문이다. 화성연쇄살인을 소재로 했던 〈살인의 추억〉에도 당시

---

8 리플리에게 페이스 허거를 넣으려는 음모가 발각된 후, 리플리는 버크에게 에이리언도 당신만큼 악랄하지는 않을 것이라며 분노한다.

영화 〈괴물〉의 포스터

의 정치사회적인 배경은 빠지지 않는다. 계급 간의 문제를 일렬로 늘어서서 달리는 기차를 통해 적나라하게 제시하는 〈설국열차〉는 더 이상 말할 필요도 없을 터이다. 거기에 〈옥자〉는 배고픔이 아니라 배부름을 위해 생명을 비윤리적으로 실험하고 도축하는 인간의 잔인함을 그리고 있다. 이처럼 봉준호의 대표작만 살펴보아도 사회적인 메시지가 그의 영화에서 얼마나 중요한지 알 수 있다.

이러한 특징은 영화 〈괴물〉(2006) 또한 다르지 않다. 영화 〈괴물〉에서는 괴물이 탄생하는 시작부터 한강을 중심으로 방역하는 과정까지 미군이 개입하고 있다. 이로 인해 반미를 내세우고 정치를 풍자하는 영화가 아닌가 하는 논란에 휩싸이기도 했다. 물론 이 영화가 이러한 논란에 완전히 자유롭다고 할 수는 없다. 그러나 이 영화가 제시한 정치적 상황은 오히려 인간이라는 존재를 묻기 위해 필요한 배경일지도 모른다. 미군이 만든 괴물과 인간을 마주하는 괴물, 그리고 인간이 마주하는 인간. 서로를 마주하는 이들의 관계가 예사롭지 않다.

2) 이기적이고 전능한 미국

영화 <괴물>은 한강에 괴물이 나타난 상황을 다룬다. 한강에서 매점을 운영하는 강두는 딸 현서와 평범한 하루를 보내고 있다. 그런데 갑자기 한강에 괴물이 나타나 현서를 데리고 사라진다. 괴물의 출현으로 한강은 폐쇄되고 강두 가족은 바이러스에 감염되었다는 이유로 격리된다. 그런데 죽었다고 믿었던 현서에게서 전화가 오고, 이로 인해 강두 가족은 격리시설을 빠져나와 현서를 구하기 위해 나선다. 경찰이 쫓는 상황에서 강두 가족은 괴물을 물리친다. 그러나 끝내 현서는 구하지 못하고 현서와 함께 괴물에게 잡혀있던 세주만 구해서 함께 살게 된다.

영화 <괴물>에서 괴물의 탄생은 환경 파괴와 연관되어 그려진다. 영화가 시작하면 미군 부대 용산 기지내 영안실에서 포름알데히드가 배출되는 장면이 등장한다. 미군 담당자는 한국인 담당자에게 청소를 위해 포름알데히드를 하수구에 그냥 버리라고 지시한다. 한국인 담당자는 그것이 독극물이라고 저항해 보지만 소용이 없다. 미군 담당자는 먼지투성이인 그 약품병이 싫기 때문에 그 약품을 빨리 처리하고 싶을 뿐이다. 세월이 흘러 한강에서 괴생물체를 목격하는 이들이 나타나고, 드디어 괴물이 한강에서 모습을 드러낸다.

이러한 영화적 설정은 영화가 담고 있는 세계와 주제를 함께 제시한다는 점에서 주목할 필요가 있다. 영화의 시작에서 용산 기지내 영안실의 미군 담당자는 포름알데히드라는 독극물을 한강에 버리도록 지시하기에, 이후에 등장하는 괴물이 이와 인과성을 가진다고 유추할 수밖에 없다. 즉, 함부로 버린 독극물로 인해 한강의 괴물이 탄생했다고 영화는 전제한다. 이 과정에서 미군이나 미국이라는 표지는 의심할 여지 없이 강력한 외부 존재를 의미한다. 과거 미군 장갑차에 여중생이 깔려 사망했던 '미군 여중생 압사 사건'을 생각하면, 독극물 배출에 관한 명령을 내린 담당자가 미국인이라는 사실은 의미심장하다. 외부인이면서 이 땅의 일에 전혀 책임지지 않는 이들이 '괴물'을 만들었기 때문이다.

미군 담당자의 눈에 띈 먼지와 포름알데히드라는 독극물의 차이도 중요하다. 사실 먼지는 도처에 존재하는 사사로운 문제에 가깝지만, 독극물은 그 영향이 공적이기 때문이다. 먼지는 청소를 통해 쉽게 개인이 해결할 수 있는 문제다. 그에 비해 독극물은 개인이 책임지거나 해결할 수 있는 문제가 아니다. 미군 담당자가 얘기하는 것처럼 한강이 아무리 깊고 넓다고 해도, 독극물을 취급하는 문제는 모든 과정에서 공동체를 염두에 둘 수밖에 없다. 그러나 이 과정을 무시하는 미군 담당자는 전능한 존재처럼 보인다. 그는 공적인 일보다 사적인 일을 처리하는 데 자신의 힘을 발휘하고 있다. 일시적으로 거주하는 곳인 한국에서 그들은 한국과 한국인을 고려하지 않는다. 오직 자신의 방식으로 일을 처리할 뿐이다. 한국에서 살아야 하는 한국인과 달리 미국이란 외부에서 온 그들은 이기적이고 전능하다.

이러한 설정은 영화의 많은 장면에서 그려진다. 아버지 박희봉이 죽고 다시 경찰에 잡힌 강두는 조직검사를 위해 병원에 갇히게 된다. 이때 그를 찾아온 검역 담당 미국인은 통역과 함께 죽은 미군 하사에게서 바이러스가 검출되지 않았다는 사실에 대해 대화를 나눈다. 박강두는 'No Virus'라는 짧은 영어를 이해하고 그곳을 벗어나려고 하지만 소용이 없다. 미국인에게 강두는 미친 사람으로 보일 뿐이다. 미국인은 바이러스가 강두의 뇌로 전이되었다고 확신하며, 강두의 머리에서 바이러스를 찾으려 애쓴다. 이 과정에서 미국인은 오직 자신의 믿음을 확인하려는 이기적이고 전능한 존재로 그려진다.

이기적이고 전능한 존재로서 미국에 대한 가장 명확한 표지는 '에이전트 옐로우'를 통해 드러난다. 이것은 최신의 미국화약 약품인 동시에 살포 시스템인데, 살포가 이루어지기 전에 많은 시민들이 이를 반대하는 시위에 참여한다. 이 시스템을 통해 반경 수십 킬로미터 내의 세균이 모두 박멸된다고 하지만, 실제 살포 후의 상황은 설명과 다르다. 괴물이 피를 토하며 괴로워하지만, 일반 시민들 또한 코와 귀에 피를 흘리는 모습을 볼 수 있다. 즉, 이 시스템은 단순히 세균을 공격하는 것이 아니라, 생명체를 공격하는 것이다. 그리고 그 상황에서 미국인 담당자는 거리를 두고 사람들의 모습을 카메라로 기록하고 있다. 이렇게 볼 때, 이기적이고 전능한 존재는 상대를 고려하지 않는다. 오히려 그들은 자신들의 안락함과 생존을 위해 상대를 박멸하려 한다. 따라서 그들에게 생존은 경쟁과 다르지 않다.

3) 타자에 의한 타자의 탄생

영화 <괴물>에서 이기적이고 전능한 존재가 문제적인 이유는, 타자인 그들이 한강에 괴물을 탄생시키기 때문이다. 그러나 영화에서 괴물의 탄생만이 중요한 것은 아니다. 오히려 괴물을 어떻게 괴물로 만드느냐가 중요할지도 모른다. 즉, 독극물을 통해 괴물이 탄생했다는 사실만큼이나 인간들이 그 괴물을 어떻게 대하고 있느냐의 문제도 중요하다고 할 수 있다.

독극물로 인해 괴물이 탄생하고 어느 정도 시간이 지난 후한강에서 자살한 사람의 시신이 심하게 훼손된 채 발견된다. 이후 영화는 한강 교각 아래에 매달려 있는 괴물을 보여준다. 사람들이 괴물에게 관심을 가지면서 괴물이 물속에 몸을 숨기자, 강두를 선두로 많은 사람들이 괴물에게 음식과 쓰레기를 던진다. 어쩌면 이 장면은 사람들이 괴물에게 보이는 호기심을 보여준다고 할 수도 있다. 그러나 사람들의 반응을 단순히 호기심으로 치부하기는 어렵다. 그들의 행동은 동물원에서 사람들이 흔히 하는 행동과 어딘가 닮았다. 즉, 괴물은 사람들에게 호기심의 대상이지만, 사람들은 그것을 자신과 대등한 존재로 여기지는 않는다. 오히려 미천하며 하대할 수 있는 존재로 괴물을 바라본다고 하겠다.

이는 한강에서 자살한 시체를 훼손하면서도 몸집이 클 때까지 자신을 드러내지 않았던 괴물의 특성을 통해서도 알 수 있다. 괴물은 그전까지 사람들에게 알려지지 않은 존재였다. 낚시꾼들에게 아주 작은 기이한 생명체로 발견된 이후로, 사람을 삼킬 수 있을 정도로 몸이 커지는 동안 괴물은 직접적으로 사람을 공격하는 모습을 보이지 않았다. 괴물이 육지에 나와 사람들을 해치며 자신의 존재를 드러낸 순간은, 바로 사람들이 음식과 쓰레기를 괴물에게 던진 이후부터이다. 즉, 타자에 대한 비하로 이어지는 공격적 반응이 괴물을 진정한 타자로 만든 셈이다. 결국 한강의 괴물은 한 미군의 명령에 의해 배출된 독극물로 탄생하였지만, 진정한 '괴물'로서의 면모는 그에게 부적절한 반응을 보인 사람들에게도 원인이 있다고 할 수 있다.

사실 이러한 관계는 외부인과 시민을 둘러싼 존재들 간의 관계로 연결된다. 미군은 한국인을 타자화하고, 시민들은 괴물을 타자화하며, 이로 인해 다시 미군은 시민들을 타자화하게 된다. 사실 영화 속에 시민들은 타자화되면서 동시에 대상을 타자화하고 있다. 이들은 외부인인 미군에 의해 타자화되면서도 스스로 그 상황을 깨닫지 못한다. 오히려 한강에 출몰한 괴물을 '괴물'로 대하며 타자화한다. 이러한 관계야말로 서로 다른 인종의 외국인을 대하는 우리의 현실적인 모습을 가장 잘 보여준다고 할 수 있다. 이러한 관계를 통해 볼 때, 우리를 위협할 수 있는 '괴물'은 그 대상을 타자화하는 순간부터 존재할지 모른다. 스스로가 타자인지도 모르고 대상을 타자화하는 순간 말이다.

4) 괴물, 바이러스, 포비아

괴물이 시민을 공격하는 타자가 된 이후, 괴물은 끝없는 공포의 대상이 된다. 그러나 그 공포는 괴물이라는 실체로만 존재하지 않는다. 오히려 괴물에 대한 공포는 존재하지도 않는 바이러스라는 허상을 통해 일종의 포비아로 나타난다. 이는 딸 현서를 구하려는 강두 가족과 그들을 격리하려는 공권력을 통해 잘 드러난다.

한강에서 사람들이 희생된 후, 합동분향소가 차려진 강당에는 유가족들이 가득하다. 그런데 갑자기 방역복을 입은 방역단체장이 나타나면서 합동분향소는 일순간 혼란에 빠진다. 사건 현장에 있었다는 이유로 그들을 격리하기 위해서이다. 유가족들은 버스에 실려 병원에 옮겨지지만, 바이러스를 염려한 격리라고 하기에는 어딘가 이상하다. 의사도 간호사도 모두 마스크 따위는 쓰고 있지 않았기 때문이다. 괴물 때문에 사람들이 격리되었지만, 방역을 신경 쓰지 않은 대처는 그저 형식적인 반응에 불과하다. 강두 가족이 방역 지역을 지나가는 장면에서도 이러한 현실이 드러난다. 희봉은 흥신소를 통해 방역 차량을 구해서 검문 현장을 벗어나려고 하지만, 거기서 만난 공무원은 방역과 관련해 뇌물을 요구한다. 어쩌면 그들에게 중요한 것은 방역이 아니라, 방역을 핑계 삼은 자기 이익일지도 모른다. 따라서 괴물이 가져다준 공포는 존재하면서도 존재하지 않는다.

합동분향소에서 대치하는 강두 가족과 방역 담당자

영화에서는 괴물에 대한 공포보다 존재하지 않는 바이러스에 대한 공포가 더 절실하게 그려진다. 광화문 거리에 나온 시민들은 모두가 마스크를 쓰고 있다. 대형 건물 전광판에 바이러스에 의한 증상이 초기 감기와 유사하다는 자막이 나오고, 횡단보도에 서 있는 한 사람이 기침을 한다. 주변 사람들이 그를 의식하는 순간, 그는 도로가에 고여 있던 물에 침을 뱉는다. 급히 차가 지나가면서 사람들에게 그 물이 튀자 사람들은 경악하며 물러서는 반응을 보인다. 그 다음 장면에서는 마스크를 쓴 사람들 사이에 강두의 동생 남일이 버스를 타고 있는 모습이 그려진다. 기침을 하는 사람으로 인해 공포를 느끼는 시민들과, 같은 버스 안에 남일과 함께 있으면서도 그를 인식하지 못하는 승객들의 대비는, 두려움이 진정 무엇이며 어디에 근거하는지를 고민하게 한다. 강두에게서도 유사한 측면을 확인할 수 있다. 그는 방역차 뒤를 쫓으며 바이러스에 감염되면 안 된다며 스스로 방역하는 모습을 보인다. 또한 병원에서 탈출하기 위해 자신의 피를 무기로 쓰는 장면은, 바이러스에 대한 사람들의 두려움을 이용했기에 가능하다.

영화 결말부에 이르러 기자회견장에서 바이러스가 발견되지 않았다는 사실이 발표된다. 그러나 발표자는 아직 바이러스에 관한 문제는 남아있다는 의심을 지우지 않는다. 영화는 끝까지 존재하지 않는 바이러스를 통해 사람들이 느끼게 될 공포를 보여준다. 특히 이 공포는 존재하지도 않는 바이러스로 인해 그 원인을 알 수 없다는 점에서 더 두렵다. 실재했던 공포의 대상인 괴물이 사라졌지만, 사람들은 여전히 실체도 알 수 없는 다른 공포에 휩싸여 있는 셈이다. 그리고 그들의 방식으로 그 공포를 박멸하기 위해서는 대상을 이기적인 방식으로 다룰 수밖에 없다.

5) 평범한 가족 그리고 공존

영화 <괴물>은 시작부터 행복한 결말을 전제할 수 없다. 영화는 평범한 가족이 괴물과 맞서는 이야기이기 때문이다. 이 와중에 아버지 희봉과 딸 현서가 죽게 된다. 그러나 한 가족만이 괴물과 맞설 수밖에 없는 이유는 공권력이 가족과 함께 하지 않기 때문이다. 오히려 미국과 정부는 방역을 내세워 강두 가족을 통제하려고 한다. 사실상 작품에서 가족이 괴물과 대결하는 상황은 그다지 길게 그려지지 않는다. 따라서 영화는 가족이 괴물과 대결하기 위해 미국을 포함한 권력과 어떻게 대결하는지를 보여준다.

사실 한 가족이 강력한 미국과 미국의 방침에 따르는 정부를 상대하기에는 무리가 있다. 희봉과 현서의 죽음은 어쩌면 이 힘의 차이에 따른 결과라고 할 수 있다. 이러한 힘의 차이는 우스꽝스러운 장면들로 형상화된다. 거대 권력의 통제 속에 있고 괴물과 마주해야 하는 상황에서 강두 가족의 모습은 다소 엉뚱하다. 쫓고 쫓기는 장면이나 괴물과 대결하는 장면이 비장하거나 엄숙하게 느껴지지 않는 이유는, 어쩌면 평범한 이들의 힘이 나약하기 때문일 것이다. 나약하기에 거대한 힘과 맞서는 그들의 방식은 세련되기보다 좌충우돌한다. 간절하지만 좌충우돌하는 그들의 약한 모습에서 아이러니한 웃음이 발생한다.

영화 <괴물>이 거대한 힘과의 대결 그리고 대상을 타자화하는 인간과 공포만을 보여주는 것은 아니다. 오히려 이 영화는 나름의 방식으로 사람들이 생각해볼 중요한 지점을 제시하고 있다. 영화의 시작 부분에 강두의 매점이 보이면, 노숙을 하는 세주 형제가 등장한다. 한강에 있던 사람들이 모두 격리되고 남겨진 두 소년은 강두의 매점을 이용해 끼니를 해결한다. 그 와중에 두 소년은 괴물에게 붙잡히게 되는데, 살아남은 동생 세주는 하수구에 몸을 숨기고 있던 현서와 함께 지내게 된다. 탈출하려던 둘은 괴물에게 잡아먹히지만, 한강변으로 나온 괴물의 입에서 강두는 삼키지 못한 현서와 세주를 구출한다. 이미 현서는 죽어 있었지만, 세주는 아직 살아 있었다. 하수구에 숨어있을 때부터 현서는 세주의 버팀목이 되어주고 있었다. 그뿐만 아니라 죽음을 앞둔 마지막까지 세주를 부둥켜안고 있었다. 이러한 현서의 모습은 관계의 문제를 다시 생각하게 한다.

영화의 마지막에 이르면, 눈이 내리는 매점 앞에 이상한 것이 보였는지 박강두는 자신의 옆에 둔 총을 집어 든다. 여전히 그에게 괴물과 같은 존재의 공포는 남아있는 모양이다. 그러나 그 장면 이후 그가 보살피고 있는 가족이 바뀌어 있다.

죽은 현서가 아니라 현서가 보호하고 있던 세주를 마치 아들처럼 대한다. 존재도 알 수 없었던 상대가 이제 그의 삶을 지탱해주는 새로운 존재가 된 셈이다. 어쩌면 이러한 관계야말로 대상과의 공존을 의미하는 것은 아닐까.

제7장 소통 불가능성에 따른 공포

1. 소통 불가능에 대한 공포가 모든 것을 지배하는 세계-영화 〈엔더스 게임〉

1) 엔더스 게임-미지에 대항하기 위해 무엇이든 허용되는 세계

　〈엔더스 게임〉[1]은 오슨 스콧 카드가 쓴 동명의 소설(1985)을 원작으로 삼은 영화로, 외계인 '포믹'과의 전쟁에 동원되는 어린아이들을 중심으로 진행되는 이야기이다. 주인공 엔더가 훈련을 받으면서 동료들과의 관계를 진전시키고 포믹과의 전투를 담당하는 사령관이 되기 위해 성장하는 모습이 서사의 동력임과 동시에, 절대악으로 상정된 포믹에 대한 시선을 고찰하는 내용이 어우러져 사변적인 측면이 드러나기도 한다.

---

[1] 개빈 후드, 〈엔더스 게임〉(Ender's Game), 2013.

영화 〈엔더스 게임〉 포스터

그리하여 화려한 함대전이나 스페이스 오페라 같은 내용을 기대한 사람들에게는 실망을 안겨주기도 한 영화이다. 그러나 이 영화가 사람들에게 특히 문제적으로 인식된 이유는, 원작자인 오슨 스콧 카드가 동성결혼에 대해 반대 주장을 펼치고 동성애자의 인권을 무시한다는 논란이 있었기 때문이다. 마치 영화에서 지구인들이 포믹이라는 외계 종족을 소통 불가능한 대상으로 여기고 배척한 것처럼 말이다.

이러한 소통 불가능성은 공포를 증폭시킨다. 저들이 우리에게 어떤 반응도 보이지 않거나 저들이 하는 행동의 의미를 전혀 알 수 없을 때 우리는 불안감을 느낄 수밖에 없다. 하지만 이러한 불안과 공포가 상대방에게 투사될 때 우리 역시 거대한 공포로 변할 수 있다. 엔더스 게임은 우리가 다른 존재를 소통 불가능한 대상으로 여기고 공포스럽다고 느낄 때, 우리 또한 얼마나 무서워지고 강압적인 존재가 될 수 있는지를 보여주는 영화이다. 소통이 어려워 알 수 없고 공포스러운 존재에 대항하기 위해 무엇이든 허용되는 세계가 엔더스 게임이기 때문이다.

2) 소통 불가능한 대상으로 인한 불안과 모든 것을
장악하는 공포

이 영화를 지배하는 분위기의 바탕은 바로 소통 불가능한 대상에 대한 두려움과 증오이다. 엔더라는 소년이 다른 아이들과의 경쟁을 통해 사령관 후보가 되고, 또 많은 모의 전투를 통해 인간 병기로 성장한다는 전체적인 내용은 포믹에 대한 두려움 없이는 성립할 수 없다. 포믹은 개미 또는 나방을 닮은 거대한 크기의 종족으로 영화가 진행되는 시점의 오십 년 전에 지구를 침입하여 수천만 명의 사망자를 발생시켰다. 그들은 언어를 사용하지 않기에 지구인의 방식으로는 소통이 불가능하며, 그들의 행태와 목적 등도 제대로 알려진 바가 없다. 지구인들은 이들 종족이 언제 다시 침입할지 몰라 두려워하며, 그만큼 그들에 대한 증오심을 품고 있다. 엔더에게 경쟁심과 질투심을 품고 있는 피터(엔더의 형)가 영화 초반 엔더에게 폭력을 행사하는 것도 '포믹 잡기 놀이'라는 명목으로 일어난다. 영화에서는 포믹을 빌미로 폭력과 경쟁이 만연한다.

이는 포믹이라는 소통 불가능한 대상으로 인해 인간 사회의 불안과 공포가 증폭되고 있음을 보여준다. 실제로 영화의 진행 시점에서 포믹은 아무런 행동도 하지 않고 있다. 하지만 인간의 입장에서 그러한 침묵이 어떤 의미를 지니고 있는지 모른다는 점 자체가 심각한 불안의 원인이다. 수천만 명이 사망한 과거의 경험과 전쟁을 수행하기 위한 자원이 소모되고 있는 현재의 고난, 소통이 불가능해 전혀 예측할 수 없는 미래라는 상황은 인간 사회에 상당한 압박감을 준다.

그리하여 소통 불가능하고 미지의 대상인 포믹에 대한 인간의 반응은 증오와 적의로 드러난다. 소통과 대화를 통해 신뢰를 쌓을 수 없는 상황에서 이미 침략 당한 경험이 있는 인간은 자신의 불안감을 떨쳐버릴 수 없는 것이다. 어쩌면 그러한 증오와 적의야말로 합리적으로 보일 수 있다. 하지만 적으로 상정된 소통 불가능한 대상에 대한 공포는 여기에 대항하기 위한 증오로 변화하면서 인간 사회 내부로 스며든다. 불안과 공포가 합리화되면서 모든 것을 가능하게 하는 동력이 되는 것이다.

포믹에 대한 두려움과 증오는 경험이라는 이름으로 합리화된다. 오십 년 전의 심각한 트라우마는 포믹을 절대악으로 만드는 논리의 핵심이다. 전쟁 이후 오십 년간 포믹은 별다른 행동을 보이지 않으며, 전초기지까지 빼앗겨 지금은 자신들의 고향 행성에 머무를 뿐이다. 하지만 인간에게는 그 침묵조차도 또 다른 악을 발동시키기 위한 준비로 보인다. 과거의 경험은 가능성으로 변화해 미래를 지배한다. 현재의 전쟁은 미래에 일어날 가능성이 있는 침입을 미연에 방지하기 위한 최선책이며, 과거의 경험은 그 가능성에 대한 최고의 합리적 근거이다. 말이 통하지 않아 의도는 모르지만, 포믹은 언제나 인류를 해칠 수 있는 미지의 존재로 남는다.

문제는 포믹으로 인해 일어난 두려움이 인류를 잠식하여 모든 것을 가능하게 한다는 점이다. 포믹이라는 타자에 대한 공포는, 공포를 없애기 위한 선제공격의 논리를 합리화시키며 위험이 발생할 가능성 자체를 위험으로 받아들이게 만든다. 위험하기 때문에 경보가 울린 것이 아니라, 경보가 울렸기 때문에 위험의 원인을 찾는 상황에서 포믹은 인류가 두려워하는 모든 것이 투사된 대상으로, 나아가 그러한 과정에서 일어나는 모든 일을 합리화할 수 있는 이유로 변화한다.

이는 마치 9.11 테러 이후 제정된 애국자법이나, 우리나라에서도 논란이 있었던 테러방지법을 연상하게 한다. 있을 것으로 예상되는 위험을 방지하기 위해 특정 기관에 과다한 권력을 집중하고 모든 분야에 대한 감시를 높이는 것은 '테러'라는 명목하에 그와 관련된 모든 행동을 합리화한다.

그리하여 엔더스 게임은 포믹이라는 외계인과 대결하는 화려한 전쟁 영화나 스페이스 오페라일 수 없다. 엔더스 게임에서 주목해야 할 것은 미지의 존재에 대한 두려움과 그 두려움을 통해 모든 것을 합리화하며 인간의 삶을 장악하는 논리이다. 미지의 존재가 우리를 위협한다는 비상상황을 제외하고 어떤 예외도 허락하지 않는 논리가 바로 그것이다.

3) 어떤 예외도 허용하지 않는 비상상황과 선제공격의 논리

이 작품에서 어린아이들은 전쟁 자원으로 관리된다. 목 뒤에 장치된 '모니터'를 통해 일거수일투족이 추적되며, 그들의 감정은 전략적인 행동 방식이라는 점에서 평가된다. 엔더는 자신과 갈등을 일으키던 아이와 싸우다가 그 아이가 쓰러진 뒤에도 수차례 폭력을 가한다. 이는 그 아이가 다시는 자신에게 덤빌 생각을 하지 못하도록, 그리고 그 아이의 패거리 역시 자신에게 위해를 가하지 못하도록 하기 위함이었다. 이는 도를 넘은 폭력이지만 아이들을 평가하는 하이럼 그라프 대령은 행동의 이유가 전략적이라는 이유로 엔더를 발탁한다. 엔더는 강인한 지휘관이 될 수 있는 자원 중의 하나이기에 선발 과정 중 실제로 일어난 폭력은 문제시되지 않는다.

그러한 과정에서는 어떤 예외도 없다. 강인한 지휘관을 뽑기 위해 아이들은 극한적인 상황으로 몰리고, 상급학교인 지휘학교로 승급하기 위해 경쟁을 시작한다. 그리고 그 결과 아이들에게 일어날 수 있는 일에 대해서는 아무도 책임을 지지 않는다. 엔더를 질투하는 형 피터 역시 이 과정에서 탈락한 아이다. 그는 너무 폭력적이라는 이유로 과정에서 탈락했는데, 그 폭력성에 대한 조치는 아무것도 없다. 너무 폭력적이기에 전략자원으로는 부적합하다는 판정이 있었을 뿐이다. 공포스럽다고 설정된 대상에 대항하기 위해 아이들은 자원으로서의 효율성만으로 평가될 뿐, 어떠한 관리도 받지 못한다.

엔더 역시 이러한 과정의 핵심을 파악한다. 심심풀이로 하는 마인드 게임(이를 통해 아이들의 심리를 파악하려는 의도가 담긴 게임)에서 엔더는 규칙에 따른 선택을 하기보다는 폭력을 통해 규칙 자체를 파괴하는 선택을 한다. 이러한 행동에 그라프 대령은 완벽한 녀석이라면서 감탄하고, 엔더는 교육생에서 샐러맨더 부대원으로 승급된다.

이 모든 과정은 그라프 대령의 말 한 마디로 요약될 수 있다. "난 말 농장에서 커서 5살부터 말을 길렀지. 순종은 보면 알아. 녀석을 놓칠 순 없네."라는 말에서 아이들은 전쟁을 위한 최적의 도구로 판단됨이 드러난다. 인간을 해칠 수 있는 종족과 전쟁을 준비하는 과정에서, 아이 역시 예외일 수 없는 것이다. 예전엔 소년병을 동원하면 범죄였다든가, 전쟁이 끝난 후 남겨진 아이들의 문제는 어찌할 것이냐는 물음에 대해서도 예외는 허용되지 않는다. 도덕성은 전쟁이 끝나고 나서야 이야기할 수 있는 문제이다.

지금 우리를 습격한, 의도도 모르고 말도 통하지 않으며 개미처럼 생긴 괴물인 포믹이 인류를 위협한다는 공포스러운 상황에서 더 이상 어떤 예외도 허용되지 않는다. 미지의 존재에 대한 두려움은 인간이 무엇이든 할 수 있도록 허용하며, 미지의 존재를 파괴하기 위한 행동은 스스로를 잠식한다. 시간이 촉박하며 먼저 행동하지 않으면 파괴될 것이라는 두려움은 포

니체. 괴물과 싸우는 자는 스스로
괴물이 되지 않도록 주의해야 한다.

믹을 괴물로 바라보는 만큼이
나 인간을 괴물로 만든다. 미
지에 대한 두려움에서 비롯한
선제공격의 원리는 합리적인
것처럼 보이지만, 두려움의 원
천을 파괴하겠다는 미명 아래
무제한적인 행동 논리로만 작
동할 뿐이다. 니체가 말한 바
와 같이, 엔더스 게임에서 미지에 대한 두려움은 인간을 잠식
하고 괴물을 바라보는 자를 괴물로 만든다.

4) 뒤틀린 사랑의 논리-교감이 아닌 두려움을 없애기 위한 이해

엔더는 샐러맨더 부대의 지휘관인 본소와의 갈등 와중 본
소에게 치명적인 부상을 입힌다. 고의는 아니었지만 이에 충
격을 받은 엔더는 지구로 돌아가 포믹과의 전쟁에 참여하지
않으려고 한다. 그라프 대령의 부탁으로 엔더를 설득하러 온
누나 발렌타인과의 대화에서, 엔더는 자신의 투쟁 원리와 두
려움의 원천을 깨닫는다.

엔더 : 지금껏 많이 싸웠어. 적들의 생각을 이해해서

　　　　늘 이길 수 있던 거야. 진정으로 그들을 이해하
　　　　게 되면...

발렌타인 : 사랑하게 되지.

엔더 : 누군가를 진정으로 이해하게 되면, 당연히 그
　　　　사람을 사랑할 수밖에 없어. 바로 그 순간에...

발렌타인 : 이기는 거지.

엔더 : 파괴해 버려. 다신 날 해치지 못할 정도로.

　엔더에게 이해와 사랑은 연결되어 있지만, 이는 뒤틀린 방식이다. 사랑은 소통이 아니고, 알 수 없는 대상에게 가닿는 방식도 아니다. 현재의 소통을 바탕 삼아 미래로 나아가는 방식이 아니라 미래의 가능성을 확실히 소멸시켜 현재를 지키는 방식이다. 소통이 불가능한 대상은 언젠가 자신을 해칠 수 있는 가능성을 가지기에 그들을 사랑할 정도로 이해하여 소멸시킬 약점을 찾아야 하는 것이다. 하지만 이는 일방적인 사랑일 뿐이며 교감과는 거리가 멀다.

　이러한 투쟁 원리는 결국 대상에 대한 공포에서 비롯된다. 엔더는 본소에게 부상을 입힌 죄책감에 숨어 있다고 생각하지만, 발렌타인은 엔더가 적에 대해 모르며, 그리하여 패배할까 봐 두려워서 숨어 있음을 지적한다. 그리고 엔더가 포믹의 1차 침공 때 인류를 구한 메이저 래컴처럼 되어 이번에도 자신들을 구해주기를 바란다. 결국 포믹에 대한 두려움은 그들을 모른다는 것으로 귀결된다. 현재 포믹은 아무 행동도 하고 있지 않지만, 이러한 미지는 가능성의 영역에서 인류에게 두려움을 불러일으킨다.

메이저 래컴은 오십 년 전 포믹과의 첫 번째 전쟁에서 인류를 구원한 사람이다. 편제 전투 도중 무작위해 보이는 적들의 분포에서 일종의 규칙을 파악하고 결국 포믹의 여왕이 있는 본대를 공격한 것이다. 포믹의 습성을 이해하고 이를 통해 그들을 파괴한 래컴은 엔더가 투쟁 원리로 삼고 있는 것을 먼저 실현한 사람이다. 발렌타인이 엔더에게 래컴 같은 구원자가 되라고 말하는 것은, 그들을 이해하여 절멸시키라는 말과 동일하다.

그러므로 이해-사랑-구원이라는 구도의 바탕에는 미지-가능성-두려움이라는 구도가 숨어 있다. 자신이 이해하지 못하는 대상의 전부를 '우리를 해칠 가능성'이라는 미래로 몰아넣고, 이 두려움을 바탕 삼아 가능성 자체를 소멸시킬 선제공격의 논리가 구원이라는 이름으로 합리화되는 것이다.

이처럼 외부의 괴물을 통해 내부의 괴물을 기르는 사람들에게서는 뒤틀린 사랑의 논리가 나타난다. 대상과 교감하기 위해 이해하는 것이 아니라 두려워하지 않기 위해 이해하는 것이며, 이해함으로써 사랑을 유지하기보다는 대상에게 내재해 있는 부정적 가능성 자체를 파괴함으로써 사랑의 변질을 막는다. 외부의 괴물을 통해 자신을 괴물로 만드는 사람은 먼

길을 돌아가려고 하지 않는다. 상대의 반응을 기다리기 전에 선제공격을 하고, 가장 효율적인 방법으로 모든 위협적인 가능성을 없애며, 두려워하기 전에 두려움을 없앤다.

5) 공포를 이기기 위해 스스로 공포스러운 존재가 된 인류

<엔더스 게임>에서는 소통 불가능한 대상에 대한 공포가 드러난다. 인간에게 이는 자연스러운 일일지도 모른다. 소통을 통해 신뢰를 쌓을 수 있어야 상대에 대한 불안감을 덜어낼 수 있고 자신과 상대의 행동이 일으킬 수 있는 결과를 예상할 수 있기 때문이다. 포믹은 이러한 관계를 깨뜨리는 존재이다. 과거의 침략과 현재의 알 수 없는 침묵은 인류에게 미래에 대한 불안감을 일으키며 이는 상대에 대한 증오로까지 이어진다.

하지만 영화에서 이러한 공포를 통해 더 두려운 존재가 되는 것은 미지의 대상을 바라보는 인류 자신이다. 공포스러운 대상의 행동을 예측하고 방어하기 위해 현재의 모든 것을 동원할 수 있다는 논리는 인간을 뒤틀리게 만든다. 전투에 적합하다는 이유만으로 아이들의 폭력성을 전쟁에 동원하고, 그에 대한 반론을 전쟁 준비라는 이름으로 합리화하면서 스스로를 파괴하는 것이다.

이는 포믹과의 마지막 전투에서 극적으로 드러난다. 엔더가 사령관이 되기 위한 최종 모의시험은, 포믹과의 실제 대규모

전투였다. 엔더는 포믹에 대항하기 위한 무기를 지키기 위해 다른 우주선으로 모함을 방어하는데, 이는 엄청난 인명이 살상되는 행위였다. 그 전투가 실제임을 알게 된 후 엔더가 망연자실하는 것은, 자신이 엄청난 수의 사람을 죽여서 포믹이라는 종족을 말살시켰기 때문이다. 엔더에게 최후의 전투를 수행하게 한 사령부 측은 그 모든 부담을 엔더에게 전가한다. 비윤리적인 방법을 통해 전쟁에서 승리하기는 하지만 그 모든 죄는 어린아이가 짊어지고 만다.

그러므로 이 영화는 소통 불가능한 대상을 공포스럽게 여기는 인간이 그에 대응하는 방식을 통해 벌어질 수도 있는 부조리함을 조명한다. 소통 불가능한 대상으로 인해 일어날 수 있는 위험을 가능성의 영역에 던져 놓기만 해도 인간은 어떤 일이든 할 수 있는 것이다. <엔더스 게임>에서 포믹으로 지칭된 이 미지의 존재를 우리 역시 항상 목도하고 있다. 난민, 무슬림, 성적 소수자 등의 존재들은 소통 불가능하다고 생각되는 순간 그들이 일으킬 수 있는 위험한 미래의 가능성으로 인해 배척된다. 소통 불가능성으로 인한 우리의 불안을 합리적인 것으로 상정하고 알 수 없는 대상의 위협을 가능성의 영역에 놓고 판단할 때, 우리 스스로 공포스러운 존재가 될 위험이 있다. 상대에 대한 공포가 증오로 바뀔 때 이는 모든 불안을 대상에게 투사함과 동시에 그러한 대상을 배제하기 위해 어떤 것이든 할 수 있는 힘으로 우리에게 스며들기 때문이다.

2. 인간 존재의 폭력성에 대한 물음,
　　영화 〈지구를 지켜라〉

1) 흥행의 실패로 잊힌 감독과 영화

　영화 〈지구를 지켜라〉는 장준환 감독의 2003년 작품이다. 한국 영화에 있어 2003년은 조금 특별하다. 봉준호 감독의 〈살인의 추억〉과 박찬욱 감독의 〈올드보이〉가 같은 해인 2003년에 개봉했기 때문이다. 봉준호 감독과 박찬욱 감독이 세계적인 감독으로 이름을 알리고 있다면, 장준환 감독은 배우 문소리 씨의 남편으로 더 유명한 형편이다. 거기에 봉준호 감독과의 친분을 생각하면, 2013년 〈화이: 괴물을 삼킨 아이〉와 2017년 〈1987〉 정도로 정리되는 장준환 감독의 필모그래피는 초라하다고 할 수 있다. 그러나 사실 장준환 감독의 등장은 화려했다. 그는 영화 〈지구를 지켜라〉로 대종상, 대한민국 영화상, 청룡영화상, 모스크바 국제 영화제 등에서 각종 신인감독상을 수상했다.

　각종 영화제에서 수상한 감독이 이후 영화를 만들 수 없었던 이유는 무엇일까. 가장 큰 이유는 영화 〈지구를 지켜라〉가 대중에게 외면받았기 때문이다. 각종 영화제 수상에서 알 수 있듯이 전문가들은 영화와 감독에 대해 높이 평가하고 있었다. 그러나 실제 흥행에서는 참패하고 말았다. 많은 이들은

영화 〈지구를 지켜라〉의 포스터

흥행에서의 참패가 실패한 마케팅과 연관된다고 말한다. 2000년 대 초반 한국영화는 로맨틱 코미디나 멜로 장르가 흥행을 주도하고 있었고, 영화 〈지구를 지켜라〉는 이러한 분위기에 편승하여 코미디 장르로 마케팅이 이루어졌다. 코미디와는 거리가 먼 영화였지만, 마케팅이 결과적으로 관객을 속이면서 흥행에 실패할 수밖에 없었다. 많은 자본이 투입되는 영화 산업의 구조로 볼 때, 흥행에 실패한 감독이 다음 영화를 만들기는 어렵다. 장준환 감독이 영화 〈지구를 지켜라〉 이후로 오랜 시간 계획만 할 수밖에 없었던 이유가 여기에 있지 않을까 한다.

그러나 영화 〈지구를 지켜라〉가 정말로 실패했다고 단정하기는 어렵다. 마니아들 사이에서는 한국에서 볼 수 없는 기발한 상상력에 기초한 영화라는 호평이 이어졌다. 더구나 한국 출신 감독인 박찬욱이나 봉준호가 세계적으로 알려지면서 저평가 되었던 영화 〈지구를 지켜라〉를 해외에서 리메이크한다는 소식도 들린다. 결국 〈지구를 지켜라〉의 흥행 문제가 감독 자신의 문제가 아니라 외부적 요인에 기인한다면, 이 영화에 대한 평가는 아직 진행중이라고 해야 한다. 한국영화에서 거의 접할 수 없었던 SF 장르를 바탕으로 인간의 존재적 문제를 고민하는 감독의 상상력은 여전히 유효하다. 그래서 지금 영화 <지구를 지켜라>를 다시 돌아보고자 한다.

2) 영화적 설정과 정신병에 대한 의심

영화 <지구를 지켜라>는 외계인으로부터 지구를 지켜야 한다고 믿는 병구가 만식을 납치하고 고문하는 일련의 서사이다. 병구는 만식이 안드로메다의 왕자와 연락할 수 있는 외계인이라고 믿고 있으며, 이를 통해 지구 파괴를 막아야 한다고 생각한다. 영화 시작과 함께 병구는 '넌 내가 미쳤다고 생각할지도 몰라.'라고 말한다. 연이어 순이의 목소리가 들리며 병구가 미치지 않았다고 답한다. 두 사람의 대화이지만 사실 병구의 첫 대사는 관객에게 하는 것이나 다름없다. 영화의 시작은 병구가 지구인으로 위장한 외계인에 대해 설명하는 장면이기 때문이다.

영화는 텍스트와 그림만 보여주며 어떤 인물이 어떤 상황에 놓여있는지 전혀 알려주지 않는다. 이를 통해 오히려 관객은 병구의 믿음을 신뢰할 수 있는 것인지 의심한다. 따라서 영화의 설정상 병구의 첫 대사가 순이에게 건넨 것이라고 해도, 효과만으로 보면 자기 고백과 같은 병구의 대사는 관객들을 향하고 있다. 그리고 병구의 자기 고백에서 가장 중요한 지점은 사람들이 자신을 미쳤다고 생각한다는 데 있다. 따라서 그는 외계인에 대한 자신의 신념에 관해 '아무도 날 믿지 않을거야.'라고 단정한다. 순이가 병구에게 미치지 않았다고 대답하지만, 이는 병구에 대한 순이의 개인적인 호감에 따른 것이라고 여겨진다. 결국, 영화는 일종의 음모론에 대한 관객의 의심에서 출발한다.

영화의 사건은 병구가 외계인이라고 믿는 유제화학의 사장인 강만식을 납치하여 감금하면서 시작된다. 만식을 납치한 병구는 그를 고문하며 외계인 왕자와 연락할 수 있는 방법을 알아내려고 하고, 만식은 병구로부터 탈출하려고 한다. 또한, 만식이 납치당하면서 이 사건을 해결하고자 하는 형사들이 등장한다. 이 반장은 만식이 경찰청장의 사위이기에 승진을 위해서라도 사건을 해결하고자 한다. 그에 비해 비슷한 유형의 사건을 뒤쫓고 있었던 추형사와 엘리트 형사인 김형사는 실체적으로 사건을 조사하려고 한다.

영화를 병구와 만식의 갈등과 납치 사건을 해결하려는 형사들의 관계로 볼 때, 실상 영화는 오랜 시간 병구가 가진 외계인에 대한 믿음의 실체를 보여주지 않는다. 오히려 영화는 병구의 믿음에 대해 강한 의문을 제기한다. 병구는 만식과 대화를 나누면서 자신이 지구를 지킬 것이며 외계인에 대해 모든 것을 안다고 말한다. 그런데 침착한 만식의 어투에 비해 병구의 표정이나 말투는 너무나 흥분되어 있다. 오히려 흥분한 병구의 모습은 관객으로 하여금 그가 진짜 미쳤다고 여기도록 만든다. 이는 만식을 다루는 방식에서도 나타난다. 텔레파시를 막기 위해 머리카락을 자른다든가 힘을 못 쓰게 하려고 때수건으로 발등의 피부를 벗겨내고 물파스를 바르는 등의 장면은 병구의 신념이 믿을 만한 것인지를 의심하게 한다.

특히 납치 장소에서 추형사는 우울증 치료제를 발견하는 등, 영화는 병구가 미쳤을지도 모른다는 전제를 안고 나아간다. 그리고 영화는 병구가 미쳤다면 그 원인이 무엇이었을지도 소상히 밝힌다. 영화 후반에 이르면 만식이 병구의 일기장을 보는 상황과 김형사가 병구의 신원을 조회하는 과정에서 병구의 과거가 드러난다. 아버지는 사고로 팔을 잃고 장식용 종이우산이 머리에 꽂혀 죽게 된다. 학창시절 병구는 다른 학생들에게 왕따를 당하고, 수험료를 내지 않는다는 이유로 체벌을 당한다. 이후 병구는 어머니를 괴롭히던 이를 칼로 찔러 구속되고 교도소에서도 폭력을 당한다. 출소 후 공장에 취직하지만 사랑하던 여자가 파업파괴자의 폭행으로 죽는 모습을 보게 된다. 영화는 이러한 과거 경험을 통해 병구가 정신병자가 되었다고 믿게 만든다.

3) 진실과 사실 그리고 소통 불가능

영화는 곳곳에서 병구가 미쳤다고 믿을 만한 이유가 무엇인지 명확하게 보여주는데, 병구를 둘러싼 정신적 육체적 폭력은 결국 그가 미칠 수밖에 없었다는 것을 증명한다. 그러나 병구의 정신병은 병구 개인의 문제로 끝나지는 않는다. 병구는 외계인이라고 의심하는 이들을 납치하고 고문해서 죽였지만, 대부분은 외계인이 아니었으며 그저 개인적인 복수심에 따른 행동이었다. 즉, 만식이 '너도 똑같은 놈이야'라고 말하듯, 병구는 자신의 믿음을 이용하여 다시 폭력을 통해 세상과 맞서고 있다. 이는 누구도 이해하지 못하는 병구의 믿음에 기인한다.

영화의 후반부에 이르면 만식은 외계인들과 만나기 위해서라며 강릉의 공장으로 병구와 순이를 데리고 간다. 마치 통신을 하듯 장치를 조정하던 만식은 기계 장비로 순이를 죽이고 병구와 몸싸움을 벌인다. 병구가 만식에게 총을 겨누는 순간 김형사가 나타나 병구를 죽이고 만식을 구출한다. 이반장이 나타나 사건이 해결되었다며 좋아하고 만식이 차를 타고 떠나려는 순간, 하늘에서 우주비행선이 나타나 만식을 데리고 간다. 그리고 더 충격적인 내용은 만식이 병구가 찾던 바로 안드로메다의 왕자였다는 사실이다. 결국, 영화는 마지막에 이르러서야 영화적 상상력을 통해 미친 듯 보였던 병구의 믿음이 모두 진실이었다고 밝힌다.

병구는 외계인이 지구를 파괴할 거라는 믿음을 가지고 있었지만, 영화는 시종일관 병구의 그런 믿음을 의심스럽게 바라보고 있었다. 그런데 영화의 마지막에 만식의 정체가 밝혀지면서 병구를 바라보던 영화의 시선도 달라진다. 즉, 만식이 진짜 외계인이라는 실체가 드러나면서 병구는 완전히 다른 인물로 이해된다. 다른 사람들이 현재 일어나고 있는 '사실'에 집중하고 있을 때, 병구는 거짓되지 않은 '진실'을 쫓고 있었던 셈이다. 그러나 영화의 설정처럼 병구는 계속 정신병자로 의심받으며 그가 믿는 진실까지 거짓으로 규정되었다. 따라서 진실과 사실의 문제로 서로 소통할 수 없는 이들은 폭력이라는 극단적인 방법으로 마주할 수밖에 없었다.

물론 이 지점에서 관객이 쉽게 동의하기 어려운 점도 있다. 처음 만식은 돈을 쫓는 자본가의 모습으로 등장하며 악을 대표하는 인물처럼 보이기 때문이다. 따라서 관객의 입장에서는 쉽사리 외계인 왕자로서 만식이 계획했다는 실험의 의미와 마지막 만식의 판단을 동의하기는 어려울 수 있다. 물론 이러한 설정이 영화의 마지막 반전을 극대화하기 위한 감독의 전략에 따른 것이라고 해도 말이다. 그러나 이 전략이 완벽했는가의 문제를 떠나 흔히 인간이 가지는 믿음에 대한 접근을 완전히 달리했다는 점에서는 의미가 있다.

영화가 병구의 외계인에 대한 믿음이 진실이라고 선언하는 순간, 관객은 영화가 보여준 정보들에 대해 고민할 수밖에 없다. 만식은 김형사와 탈출하려다가 실패했을 때 병구의 믿음이 진실이라고 전제하며 인류가 어떻게 탄생했는지 설명한다.

그에 따르면 외계인이 지구에 와서 공룡으로 실험을 하던 중 전염병으로 멸종하게 되자, 자신들을 닮은 인류를 지구에 남겨두었다는 것이다. 그러나 인류는 유전자 시험을 감행하고 전쟁을 일으켜 자멸하게 되었으며, 외계인은 현재의 인류에게 다시 기회를 주었지만 그들마저 폭력과 전쟁을 일삼고 있다고 설명한다. 마지막으로 만식은 외계인의 대다수는 이러한 인류에게 희망이 없다고 보고 지구를 파괴하려고 하지만, 왕자만이 공격 유전자를 제거해 지구 멸망을 막으려고 한다고 말한다.

병구의 광기를 의심하던 상황에서 만식의 이러한 설명은 병구의 망상처럼 보인다. 특히 병구의 자료를 읽었던 만식이 병구의 의견에 호응하면서 탈출을 계획하는 것이 아닌가 하는 인상을 준다. 그러나 결말의 극적인 반전을 통해 만식의 실체가 드러나면서 영화는 병구의 믿음과 만식의 설명이 단순히 한 개인의 광기의 결과물이 아니라 진실이라는 점을 보여준다. 따라서 기존의 영화적 문법으로 영화를 보던 관객은 다른 등장인물들과 같이 병구를 소통 불가능한 존재로 이해하기 쉽다. 영화는 상상력을 통해 진실과 사실을 혼란스럽게 조합하여, 관객에게 병구와 다른 이들이 왜 소통할 수 없는지를 보여준다. 그리고 그 결과로 갈등이 폭력적으로 나타났다는 사실을 수긍하게 만든다.

4) 소통 불가능과 인류의 폭력성

나아가 영화는 소통 불가능에 따른 폭력의 문제를 인류적인 차원에서 다룬다. 만식의 설명에 따르면, 인간은 외계 생명체가 자신들을 닮은 생명을 지구에 내려보내면서 시작된다. 그러나 인간의 문제는 외계인과 닮았다는 데 있는 것이 아니라 그들과 차별화되는 지점에 있다. 인류는 스스로 강해지기 위해 유전자 실험을 하며 '공격 유전자'라는 것을 가지게 된다. 그리고 그 결과는 폭력을 통한 전인류의 멸망이다. 영화적 상상력에서 출발했지만, 감독은 인류가 당면한 문제를 공격성, 소통 불가능에 따른 폭력에 두고 있다. 병구가 마주했던 과거의 문제들이 개인의 문제로 남지 않는 이유도 이 때문이다. 영화는 인간이 공격 본능을 가지고 있고 그것이 일상의 폭력에서부터 전쟁으로까지 나타난다고 진단한다.

영화 <지구를 지켜라>는 인간의 폭력이 어떤 식으로 작동하는지 제시한다. 사실 인류가 강해지고자 하는 실험의 목적은 마치 신과 같이 모든 대상을 지배하고자 하는 인간의 본성에서 연유한다고 할 수 있다. 강해진다는 것은 다른 존재와의 공생이 아닌 자신만의 세계를 만들고자 하는 의지의 결과이다. 즉, 자기중심적으로 세계를 인식하는 인간은 다른 존재와 대화하거나 협력할 필요를 느끼지 못한다. 의지에 따라 소통 불가능한 상황에서 인류는 오직 자신만을 위해 존재하고자 한다. 이는 병구를 통해 나타나는 폭력의 상황과 다르지 않다. 아버지, 어머니 그리고 사랑하던 여자의 사고와 죽음에는 소통이라는 전제가 개입되지 않는다. 약자와 소통하거나 그들을 보호하고자 하는 제도가 존재하지도 않는다.

만식을 고문하는 병구

인류의 폭력이 소통 불가능과 관련된다는 사실은 정신병자로 설정된 병구를 통해서도 잘 드러난다. 영화의 시작부터 그러했듯 병구는 자신이 그 누구에게도 이해받을 수 없는 존재라고 생각한다. 그 와중에 지구를 지키겠다는 신념에 찬 병구는 폭력적인 방식으로 상대를 납치하고 고문할 수밖에 없다. 마치 자신이 겪었던 폭력 상황이 그러했듯이 병구도 누군가와 소통해서 지구 멸망을 막으려고 하지는 않는다. 따라서 순이가 병구의 의도와 목적을 믿기 때문이 아니라 그를 좋아하기 때문에 협력한다는 사실은 중요하다. 순이와의 관계를 통해 병구는 인간이 그 자체로 상대와 소통할 수 없는 존재라는 사실을 명확히 한다.

결국, 병구도 지구 파괴를 막기 위해 다른 대상과 소통하려고 하지는 않는다. 그는 그를 믿지 않는 지구인은 자신을 괴롭혔던 이들과 다르지 않다고 여기며, 외계인을 지구 파괴라는 목적만을 가진 존재로 인식한다. 따라서 자신의 신념을 방해하는 자는 지구인이든 외계인이든 폭력적인 방식으로 대할 수밖에 없다. 즉, 병구 또한 다른 존재는 소통이 불가능하다고 생각하며 상대를 폭력적으로 대하고 있는 것이다.

5) 인간 존재에 대한 외부적 시선

영화 <지구를 지켜라>의 가장 큰 장점은 인간 존재에 대한 물음을 외부적 시선에서 제기한다는 데에 있다. 다시 결말로 돌아가 보자. 외계인 왕자로 변신한 만식은 인류에게 희망이 없다고 선언하고 지구 파괴를 명령한다. 만식의 말에 따르면 그가 병구 가족을 비롯하여 사람들을 불행하게 만들었던 이유는 고통을 통해 공격 유전자 제거가 가능한지 실험하기 위해서였다. 그러나 만식은 폭력을 행사하는 병구를 통해 이러한 실험이 무의미하다는 사실을 깨달았다고 할 수 있다. 어쩌면 만식의 입장에서 인간을 선과 악으로 나누어 가치평가하는 것은 무의미하다. 그에게 중요한 것은 싸우는 행위 자체에 있기 때문이다. 즉, 서로가 어떤 명분을 내세우더라도 인간이 스스로 해결해야 할 문제를 폭력을 통해 대응하는 방식은 문제시 될 수 있다. 따라서 지구를 지키겠다는 대의를 품은 병구도 만식에게는 폭력을 행사하는 다른 인간과 다르지 않게 보인다.

이처럼 이 영화는 만식이라는 외계인을 설정함으로써 인간이 스스로가 내세우는 대의나 정의 그리고 선악의 문제 등이 얼마나 무의미한지 밝힌다. 그것이 인간 스스로를 구별하는 중요한 가치가 될 수는 있지만, 인간 스스로가 가진 폭력이라는 존재적 문제를 벗어나게 하지는 못하기 때문이다. 그래서 만식이 영화의 결말부에서 자신의 경험을 통해 지구의 운명을 결정하는 장면은 중요하다. 어떤 방식이든 인간이 내세우는 다양한 기준들이 피아(彼我)를 식별하는 방식으로 적용된다면, 그것은 소통의 가능성을 배제하고 상대를 폭력으로 대하는 방식으로 귀결되기 쉽다. 따라서 만식의 입장에서 인류는 더 이상 희망이 없다고 할 수 있다.

감독의 영화적 상상력은 이제 지구의 완전한 파괴에까지 이른다. 지구에 살고 있는 관객으로서는 감독의 이러한 영화적 상상력을 쉽게 이해하기 어려운 측면도 있다. 그러나 어쩌면 영화가 진짜 보여주고 싶었던 것은 파괴된 지구의 모습을 대신해 떠오른 브라운관 속 병구의 모습일지도 모른다. 브라운관에는 병구의 지난날이 흘러간다. 어린 병구가 가족과 함께 행복하게 지내던 모습, 순이의 서커스 공연을 보고 인형을 건네던 모습, 그리고 사랑하던 여자에게 하모니카를 배우던 모습 등. 그 속에 병구는 주로 불행하기보다 행복해 보인다. 슬픈 모습도 보이지만, 그때 병구는 강아지를 안으며 위로를 받는다. 그리고 즐거워하는 병구는 언제나 누군가와 함께 있다. 만약 인간이 소통할 수 있다면 희망이 있지 않겠느냐고 감독이 묻는 것일지도 모른다.

제8장 공포를 마주하는 몇 가지 지혜

지금까지 타자와 공포의 관계를 다루는 대중 서사 작품을 살펴봤다. 공포는 인간 본성에 깊이 뿌리박고 있으며, 특히 타자가 자아내는 공포는 무자비한 폭력을 야기한다. 타자에 의한 공포와 폭력을 다룬 대중 서사 작품들은 그 자체로도 흥미롭지만, 그와 같은 공포와 폭력의 관계를 대중적 상상력을 통해서 보여준다. 우리가 호러, SF, 좀비물, 그리고 괴수물 등의 장르에 속하는 작품들을 살핀 것도 그런 이유 때문이다. 사람들이 본능적으로 매혹당하는 공포와 폭력의 이야기들은 인간성에 대한 특별한 성찰을 제공한다. 좀처럼 납득하기 힘든 잔혹한 폭력, 그 기원을 알 수 없는 무시무시한 공포는 잘 만들어진 이야기적 상상력을 통해서 그 정체를 조금씩 드러낸다. '접근하기 힘든' 공포와 폭력은 그런 식으로 '이해할 수 있는 대상'이 된다. 그리고 그 중심에 우리들과 함께 살아가고 있는 타자들이 존재한다. 행복한 삶의 원천이라는 점에서 타자들은 우리 삶의 핵심이지만, 그들은 언제든지 우리들의 생명과 재산, 혹은 명예를 빼앗는 악마가 될 수 있다. 타인들과 함께 살아갈 수밖에 없는 사회적 동물로서 인간에게 이는 삶의 커다란 문제이다. 그리하여 인간적 삶에서 공포와 폭력을 자아내는 타자들에 대해서 분명하게 이해해야 한다.

그렇다면 공포란 무엇인가. 이 질문은 공포의 대상으로서의 타자, 그리고 공포가 폭력으로 번지는 메커니즘을 이해하기 위해서 반드시 필요하다. 그리하여 우리는 스티븐 킹의 견해를 참고해서, 공포의 구체적 양상을 '역겨움, 테러, 호러'로 분류했다. 그런데 가만히 생각해보면, 역겨움은 물론, 호러나 테러도 인간의 생물적 측면에서 비롯된다. 진화 심리학자들의 논의를 참고하자면, 오염된 물질이나 시체로부터 발생하는 구역질(역겨움), 유령과 같은 초자연적 존재가 자아내는 오싹한 기분(호러), 어찌될지 모르는 상황이 주는 숨 막히는 공포(테러) 등은 즉각적이고 신체적인 반응을 동반하며, 이는 인간 뇌의 원시적 영역인 '변연계'와 연결된다. 그것은 인간에게서 공포를 제거하기가 무척 어렵다는 의미이다. 이러한 공포의 양상들이 다른 사람들과 관계를 맺고 문명을 일으키고 문화를 발전시켜도 지속된다는 점을 상기해보라. 위생관념이나 관련 시설이 발달한 현대 도시인들도 여전히 끈적이는 오물을 보면 구토를 느끼고, 유령이나 귀신이 없다는 것을 잘 알 정도로 합리적인 사람도 가끔씩 등골이 서늘한 오싹함을 느낀다. 첨단 과학 시스템과 막대한 자본을 동원하여 '안전'을 확보하려는 현대인들의 노력은 또 어떤가? 요컨대, 공포는 인간 본성의 일부로서 쉽게 제거될 수 없다.

그러나 문제는 인간들의 사회적 관계 속에서 공포가 번지면서, 그것이 비극적 폭력으로 이어지는 사례이다. 앞서 타인들은 우리 행복의 원천이지만, 고통이나 슬픔, 심지어 공포의 대상이라고 했다. 바로 그런 이유 때문에 공포는 번번이 폭력으로 번진다. 이와 관련해서 우리는 두 가지 유형의 공포를 생각해 볼 수 있는데, 그것은 권력자, 혹은 소수자가 자아내는 공포이다. 권력자로서 타인은 '우리의 생사여탈권'을 쥐고 있다. 우리를 양육하는 부모, 우리에게 월급을 주는 자본 등을 생각해 보면 이해가 될 것이다. 소수자로서 타인은 '우리 공동체의 질서'를 무너뜨릴지도 모른다는 불안을 야기한다. 여성, 어린이는 물론, 특히 외국인, 난민, 성소수자 등 사회적 소수자 그룹이 그들이다. 곰곰이 생각해 보라. 전자의 권력자들이 나를 버릴지도 모른다고 상상했을 때, 어떤 종류의 공포가 엄습해 오는지를. 후자의 소수자들이 사회적 질서를 어지럽힌다고 느꼈을 때, 그 참을 수 없는 불안을.

이처럼 우리는 타자와 공포, 그리고 폭력의 관계를 성찰하기 위해서 공포를 그 양상에 따라서 '역겨움, 호러, 테러'로 분류해 보았고, 그 기원에 따라서 '생물적, 사회적'으로 구별해 보았다. 물론 실제로 일어나는 공포는 그 기원과 양상에 따라서 복잡하게 얽혀 있다. 실업 상태에 빠진 사람이 절망 끝에 가족을 모두 죽이고 자살하는 사건을 떠올려 보라. 권력자(회사)에 의해서 버려진다는 공포(실업의 공포)가 자신을 포함한 가족을 향한 폭력으로 이어진 것이기도 하지만, 그것은 상황이 어찌될지 모르는 '테러'의 상황에서 오는 절망에서 비롯된 것이기도 하다. 만약 살해된 가족 중에 아이가 있었다면, 그 실업자는 권력자로서, 아이의 목숨을 빼앗는 것이 된다. 이렇듯 실제적인 공포와 폭력은 복잡하지만, 우리가 분류한 공포의 양상과 그 기원은 그 상황을 이해하는 데에 어느 정도 도움은 된다. 나아가 타자에 대한 공포가 무지비한 폭력으로 이어지는 현상을 깊이 이해하고, 그 공포가 폭력으로 번지지 않도록 하는 지혜를 발휘하는 데에도 도움이 된다. 아래는 그 성찰의 결과를 정리한 것이다.

1. 공포는 제거할 수 없지만, 폭력은 제어할 수 있다

앞서 지적했듯, 공포는 본능이라는 점에서 출발해보자. 그 말은 공포란, 문명이나 문화의 힘으로 이겨내기 어렵다는 뜻이다. 진화심리학자들이 말했듯 공포는 자연 상태에서의 적응 문제를 해결하기 위해서 필수적이었다. 그러므로 인간에 대한 교육, 상황을 이겨내고자 하는 의지, 세련된 문화의 정착 등으로는 뿌리 깊은 공포를 쉽게 제거할 수 없다. 아무리 교육받은 사람들, 다 자란 어른들도 공포라는 신체적 반응은 피하기 어렵다. 그러나 폭력은 조금 다르다.

진화론자들에 따르면 폭력도 인간 본성의 일부이다. 생존과 번식이라는 극단적 상황에서 서로의 목숨을 걸고 싸워야 했던 시대, 좀더 폭력적인 조상들이 더 많은 자손에게 자신의 유전자를 남길 수 있었다. 그러므로 폭력도 공포처럼 인간 뇌의 원시적 영역인 변연계의 문제로서, 쉽게 제거되기 어렵다. 그러나 공포와 달리 폭력은 문화와 문명의 힘으로 어느 정도 제어해 왔던 역사가 존재한다. 서로 경쟁하고 갈등하는 과정에서 뿜어내는 원시적 에너지가 폭력 사태로 번지지 못하도록, 사람들은 특정한 틀과 일정한 규칙을 만들고 그 속에서 에너지를 발산할 수 있는 장치를 마련했다. 스포츠 게임이 그러하고, 민주주의 정치 제도 또한 그러하다. 물론, 공포와 폭력을 다루는 대중 서사 작품들도 그런 장치 가운데 하나이다. 이러한 장치들은 우리가 폭력을 어느 정도 제어할 수 있다는 점을 보여준다. 우리는 폭력의 제어 장치들이 제대로 작동되도록 혼신의 힘을 다해야 한다.

이와 관련해서, 영화 <28일 후>의 공포와 폭력의 악순환적 관계에 대해서 고찰해 봐야 한다. 분노 바이러스가 자신을 공격할지도 모른다는 공포는 결국 무자비한 상호 폭력으로 이어진다. 공포와 폭력의 악순환적 관계는 정당한 폭력과 부당한 폭력의 경계마저 무너뜨린다. 서로가 서로를 '사냥하듯' 폭력을 즐기는 상황은 무정부적 상태, 즉 문명과 문화의 힘이 미치지 못하는 상황에서, 제어되지 않는 폭력의 무자비한 성격을 잘 보여준다. 무정부적 상태에서 사람들은 서로에게 '무서운 늑대'가 된다. 멀리 갈 필요도 없다. 최근의 바이러스 사태를 겪었던 일부 국가에서, 정부를 신뢰할 수 없었던 시민들이 생활필수품을 확보하기 위해서 사재기 광풍에 휩쓸렸던 사례가 무정부 상태와 폭력의 관계를 잘 보여준다. 그러니까 폭력은 문명이나 문화의 힘으로 제어할 수 있지만, 그 힘이 약화되거나 사라졌을 때, 언제든지 튀어나와서 공포를 자극하고 더 커다란 폭력을 불러올 수 있다.

2. 공포를 과장하면, 전체주의 사회로 나아갈 수 있다

외부의 적들이 우리 공동체의 안전과 명예를 공격할 때, 우리는 그들에게 단호하게 맞서 싸워야 한다. 그러나 외부의 적들이 공격할지도 모른다는 공포를 과장할 때, 문제는 오히려 악화된다. 다시 강조하거니와, 외부의 공포는 오히려 우리들에게 도움이 될 수 있다. 공포는 상황이 심각하다는 신호의 일종이며, 따라서 우리들은 그 신호를 면밀히 살펴본 후, 위험에 철저히 대비함으로써 공포는 물론 실질적인 위험도 극복할 수 있기 때문이다. 그런데, 소설『우주전쟁』과 관련된 실제적 에피소드와 같이, 침략의 공포 그 자체에 사로잡히면 심리적 공황 상태(panic)에 빠진다. 그런 상태에서 사람들은 무기력해지고 심지어 절망하게 된다. 그와 같은 공포와 무력감은 너무나도 강렬한 것이어서, 사람들은 쉽사리 그런 공포에 빠져들지 않으려 한다. 차라리 많은 것들을 포기하고서라도 스스로의 육체와 정신을 극단적으로 단련하는 군인처럼 되는 길을 선택한다.

소설『스타십 트루퍼스』가 수많은 훈련과 전투 경험을 통해서 강력한 군인이 되는 과정을 찬양하는 것도 그런 이치이다. 그러나 군인이 공동체 질서의 핵심적인 표상이 되는 사회, 외부의 적들과의 전투를 위해서 일상적인 삶마저 포기하는 사회, 모든 물자와 인력이 전쟁을 위해서 배치되는 사회는 오히려 위험하다. 우리는 역사적으로 이와 같은 상시적인 전시 체제가 어떻게 사회의 다양한 정치적 의견을 말살하고, 개인들의 자유를 억압했는지 잘 안다. 그러므로 외부의 적이 침입할지도 모른다는 공포에 쉽사리 사로잡혀서 공황 상태에 빠지거나, 일상생활의 모든 것들을 전투태세로 전환하거나 하면 곤란하다. 대신 공포를 위험의 경고음으로 받아들이고 철저히 준비하는 자세가 필요하다. 그러면서 공동체 속에서 다양한 의견이 표출될 수 있도록 해야 한다.

3. 문제의 주도권은 권력자가 아니라 우리가 쥐고 있다

앞서 살폈듯, 인간관계에서 공포의 상황은 우리가 아니라 '그들이' 일으킨다. 그가 권력자든 소수자든 마찬가지다. 요컨대, 공포의 상황은 내가 '주도'하지 않는다. 문제는 언제나 타자가 일으킨다. 그러나 두 가지 상황에서 일어나는 공포의 결과, 야기되는 폭력의 방향은 각각 다르다. 권력자가 야기한 공포에서 폭력은 우리 자신을, 소수자가 야기한 공포에서 폭력은 바로 소수자 그들을 향한다.

권력자가 나를 버릴지도 모른다는 공포는 '나'를 향한 폭력으로 전환될 가능성이 크다. 나의 생사여탈권을 쥔 권력자가 나를 버린다고 느꼈을 때, 나는 자기 스스로를 책망하게 된다. 그런 공포를 느끼지 않기 위해서, 나는 권력자의 기준에 맞춰서 나의 욕망이나 내 삶의 방향을 결정하고자 한다. 그러나 그것이 좌절되었을 때, 나는 죄책감을 느끼고 자책하게 되고 심지어 스스로를 파멸시키기도 한다. 영화 <괴물>에서의 가족들처럼 무기력하게, 혼자 상황을 수습하기 위해서 애쓰면서도 결국 웃지도, 울지도 못하게 되는 것도 그런 맥락에서 이해된다. '미국이라는 절대적 권력자'가 우리를 객관적 데이터로 취급해도 어쩔 수가 없다. 다만 실종된 딸을 찾기 위해서 어떻게든 해보는 것 말고는.

그런데 생각을 바꿔보면 어떨까. 권력자가 나를 버릴 것이라는 공포는 결국 상황의 주도권을 쥐고 있는 것은 내가 아니라 권력자라는 전제에서 출발한다. 그러나 '내가 상황을 주도한다'고 생각해 보는 것이다. 부모님이나 선생님 같은 어른들, 거대 조직이나 자본이 만들어 놓은 상황에 내가 놓여있다고 생각하는 한, 우리는 우리 자신의 삶을 그들의 욕망과 바람에 맞출 수밖에 없다. 그러나 결국 자기 삶을 살아가는 주체는 바로 나이며, 내 자신의 욕망과 삶의 목표대로 살아가야 진정한 행복에 도달할 수 있다. 그런 깨달음을 실천할 수 있다면, 상황은 달라지기 시작한다. 영화 <에이리언> 1, 2의 리플리 중위처럼 공포를 자아내는 폭군에게 맞서 목숨 걸고 싸울 수도 있다. 그것이 어렵다면, 최소한 애니메이션 <서울역>에서 보았듯, 권력자들도 우리를 무서워한다는 점을 깨달을 수 있다. 어쨌거나 내가 상황을 주도하는 자주적 주체라면, 권력자가 자아내는 공포를 극복할 수 있다. 내 삶의 문제는 최소한 내가 결정하고 내가 책임지면 된다는 용기를 내는 것이다.

4. 차이보다 공통점에 주목하면, 그들도 우리와 다르지 않다는 점을 깨닫는다

한편, 우리보다 약한 소수자에 대한 공포도 권력자가 자아내는 공포만큼이나 쉽게 극복하기 어렵다. 생물적 차원의 역겨움과 연결되어 있기 때문이다. 소수자들은 우리들보다 미약해서 호러적 상황을 연출하거나 테러적 존재가 될 수는 없다. 그러나 그들은 우리들에게 구토를 유발하거나 우리들을 감염시킬 지도 모른다. 그래서 그들이 자아내는 공포는 그들을 향한 폭력으로 번진다. 그들은 오염물이자 감염원이며, 우리 사회의 완벽한 질서에 오점을 남기는 존재들이다. 그래서 그들은 자기들만의 특정된 영토에 영원히 감금되어야 하고, 인격적으로 부당한 대우를 받아도 결코 문제 삼을 수 없다. 영화 <디스트릭트 9>의 외계인 게토 지역의 상상력이 그것을 잘 보여준다. 게다가 소수자에 대한 폭력은 그들 존재 자체의 거부라는 성격이 강하므로, 우리 공동체에서 그들을 깨끗하게 소멸시키고 싶다는 욕망으로 발전한다. 소설 『그것』에서 '사회적 쓰레기'를 말끔히 제거해야 우리 사회가 온전하게 돌아간다는 파시즘적 상상력이 그와 같은 욕망을 잘 보여준다.

그러나 사회적 소수자들을 오염물로 취급해야 할 객관적 근거가 없다는 점을 상기해 보아야 한다. 성적 소수자들은 자신들의 선택에 의해서가 아니라 원래부터 그렇게 태어났다. 게다가 성적 취향은 몇 가지로 분류될 수 없을 정도로 복잡하고 다양하다. 난민들은 여러 가지 이유로 '살기 어려워서' 자기 고향을 떠난 사람들이다. 일제 강점기, 한반도를 떠났던 우리 조상들도 어떤 측면에서는 난민이었다. 요컨대, 그들은 우리와 크게 다르지 않은 존재들이다. 소설 『프랑켄슈타인』의 괴물이 진정 원했던 것은 '가족'이며, 영화 <디스트릭트 9>에서 게토 지역의 우주인들은 '귀향'을 간절히 바랐을 뿐이다. 『프랑켄슈타인』의 괴물이 이웃의 사람들과 지적 대화를 나눌 수 있을 정도로 지성을 갖춘 존재였으며, <디스트릭트 9>의 외계인이 연민과 동정의 감정을 인류와 공유했다는 점도 상기해 보자. 괴물처럼 생긴 외모나 외계인인 것보다는 지성적 대화와 감정적 교류가 가능한 존재라는 점에서 그들은 우리와 다르지 않다.

5. 공포와 폭력의 악순환은 신뢰와 대화로 끊어야 한다

역겨움, 호러, 그리고 테러 등 공포의 양상들은 결국 자아의 무기력에서 비롯되기도 하지만, 서로의 불신에서 비롯되기도 한다. 『갈등의 전략』의 저자 토마스 셸링이 지적했듯, 실제와 무관하게 발생하는 공포와 폭력의 악순환이 분명 존재한다. 이 악순환을 제거하려면 서로가 서로를 공격하지 않겠다는 신뢰 관계를 형성해야 한다. 영화 <엔더스 게임>도 그렇지만, 원작 소설에서 지구인과 외계인의 폭력은 의사소통 그 자체의 불가능성에서 기인했다. 서로 소통하는 방법이 달랐음에도 불구하고, 그 자체에 대해서 이해하지 못했다. 그 소통 불가능성이 자아내는 무서운 공포는 결국 서로를 죽이는 폭력으로 번졌고, 나아가 공동체 속에서 어린이마저 전쟁의 도구로 활용되는 사태를 야기했다. 영화 <지구를 지켜라>도 마찬가지이다. '외계인이 지구를 침략했느냐'의 여부가 중요하지 않다. 발견된 몇 가지 사실들이 있음에도 불구하고 양측은 각각 자신들의 가설을 '진실'로 믿었다. 각자의 진실을 지키기 위한 이들의 투쟁은 결국 상호 폭력으로 이어진다. 그러므로 우리가 공포와 폭력의 악순환을 끊으려면, 서로가 서로를 공격하지 않는다는 약속을 하고 그것을 지켜야 한다. 폭력보다는 대화의 규칙을 학습하고, 나아가 서로가 무슨 말을 하는지, 무엇을 원하는지 파악할 준비를 해야 한다.

참고문헌

〈국내 작품〉

봉준호, <괴물>, 2006.
봉준호, <살인의 추억>, 2003.
봉준호, <설국열차>, 2013.
봉준호, <옥자>, 2017.
봉준호, <기생충>, 2019.
연상호, <돼지의 왕>, 2011.
연상호, <창>, 2013.
연상호, <사이비>, 2013.
연상호, <부산행>, 2016.
연상호, <서울역>, 2016.
연상호, <염력>, 2018.
장준환, <지구를 지켜라>, 2003.
장준환, <화이: 괴물을 삼킨 아이>, 2013.
장준환, <1987>, 2017.

〈해외 작품〉

개빈 후드, <엔더스 게임>(Ender's Game), 2013.
닐 블롬캠프 감독, <디스트릭트 9>, 2009.
닐 블롬캠프 감독, <얼라이브 인 요하네스버그>, 2005.
닐 블롬캠프 감독, <엘리시움>, 2013.

닐 블롬캠프 감독, <채피>, 2015.

닐 조던 감독, <뱀파이어와의 인터뷰>, 1994.

대니 보일, <28일 후>(28 Days Later...), 2002.

데이빗 스완 연출, <브로드웨이판 뮤지컬 드라큘라> 한국3연, 2020.

데이빗 핀처, <에이리언 3>(Alien 3), 1992.

로버트 A. 하인라인, 김상훈 번역, 『스타십 트루퍼스』, 황금가지, 2014.

리들리 스콧, <에이리언: 커버넌트>(Alien: Covenant), 2017.

리들리 스콧, <에이리언>(Alien), 1979.

리들리 스콧, <프로메테우스>(Prometheus), 2012.

메리 셸리, 김선영 번역, 『프랑켄슈타인』, 문학동네, 2012.

브램 스토커, 이세욱 번역, 개정판『드라큘라』, 열린책들, 2000.

스티븐 소머즈 감독, <반 헬싱>, 2004.

스티븐 킹, 정진영 옮김, 『그것』1-3(리커버), 2017.

스티븐 킹, 정진영 옮김, 『그것』1-3, 2004.

아이작 아시모프, 김옥수 번역, 『아이, 로봇』, 우리교육, 2008.

안드레스 무시에티, <그것: 두 번째 이야기>(It Chapter Two), 2019.

안드레스 무시에티, <그것>(It), 2017.

오슨 스콧 카드, 백석윤 옮김, 『엔더의 게임』, 루비박스, 2013.

요한 볼프강 폰 괴테, 안심환 번역, 『빌헬름 마이스터의 수업시대1』, 민음사, 1999.

요한 볼프강 폰 괴테, 안심환 번역, 『빌헬름 마이스터의 수업시대2』, 민음사, 1999.

장 피에르 주네, <에이리언 4>(Alien: Resurrection), 1997.

잭 스나이더, <새벽의 저주>(Dawn of the Dead), 2004.

제임스 드모나코, <더 퍼지: 거리의 반란>(The Purge: Anarchy), 2014.

제임스 드모나코, <더 퍼지>(The Purge), 2013.

제임스 웨일 감독, <프랑켄슈타인>, 1931.

제임스 카메론, <에이리언 2>(Aliens), 1986.

카렐 차페크, 김희숙 번역, 『로봇-로숨의 유니버설 로봇』, 모비딕, 2015.

캐서린 하드윅 감독, <트와일라잇>, 2008.

캡콤, <바이오하자드>(Biohazard), 1996.

토미 리 월리스, <피의 피에로>(Stephen King's It), 1990.

폴 버호벤 감독, <스타십 트루퍼스>, 1997.

폴 앤더슨, <레지던트 이블>(Resident Evil), 2002.

프랜시스 포드 코폴라 감독, <브램 스토커의 드라큘라>, 1992.

허버트 조지 웰스, 이영욱 옮김, 『우주전쟁』, 황금가지, 2005.

〈연구서〉

가야트리 스피박, 태혜숙·박미선 옮김, 『포스트식민 이성 비판-사라져가
　　　　는 현재의 역사를 위하여』, 갈무리, 2005.

김선욱, 『한나 아렌트가 들려주는 전체주의 이야기』, 자음과 모음, 2006.

데이비드 M. 버스, 이충호 옮김, 『진화 심리학』, 웅진지식하우스, 2012.

마사 너스바움, 조계원 옮김, 『혐오와 수치심-인간다움을 파괴하는 감정들』,
　　　　민음사, 2015.

스티븐 킹, 조재형 옮김, 『죽음의 무도』, 황금가지, 2010. 10.

아자 가트, 오숙은·이재만 옮김, 『문명과 전쟁』, 고유서가, 2017.

원용진, 『새로 쓴 대중문화의 패러다임』, 한나래, 2010.

정상수, 『제국주의』, 책세상, 2009.

조성면, 『장르문학 산책』, 소명출판, 2019.

캐빈 패스모어, 이지원 옮김, 『파시즘』, 고유서가, 2016.

토마스 셸링, 이경남·남영숙 옮김, 『갈등의 전략』, 한국경제신문사, 2013.

토마스 홉스, 신재일 옮김, 『리바이어던』, 서해문집, 2007.

프란츠 파농, 이석호 옮김, 『검은 피부 하얀 가면』, 인간사랑, 1998.

〈더 읽을거리〉

H. P. 러브크래프트, 홍인수 옮김, 『공포 문학의 매혹』, 북스피어, 2012.

고병권, 『민주주의란 무엇인가』, 그린비, 2011.

권명아, 『음란과 혁명-풍기문란의 계보와 정념의 정치학』, 책세상, 2013.

김두식, 『평화의 얼굴-총을 들지 않을 자유와 양심의 명령』, 교양인, 2007.

김시광, 『김시광의 공포 영화관』, 청어람장서가, 2009.

김찬호, 『모멸감-굴욕과 존엄의 감정사회학』, 문학과지성사, 2014.

다카하시 데쓰야, 한승동 옮김, 『희생의 시스템 후쿠시마 오키나와』, 돌베
개, 2013.

돈 링컨, 김지선 옮김, 『에일리언 유니버스』, 컬처룩, 2015.

박민영, 『지금, 또 혐오하셨네요-우리 안에 스며든 혐오 바이러스』, 북트리
거, 2020.

배리 글래스너, 윤영삼 옮김, 『공포의 문화-공포팔이 미디어와 권력자들의
이중 전략』, 라이스메이커, 2020.

사라 라타, 이효경 옮김, 『포비아-우리를 기겁하게 만드는 50가지 유명한
공포증』, 돈을새김, 2015.

샌디 호치키스, 이세진 옮김, 『나르시시즘의 심리학-사랑이라는 이름의 감
옥에서 벗어나기』, 교양인, 2006.

아마르티아 센, 이상환·김지현 옮김, 『정체성과 폭력-운명이라는 환영』,
바이북스, 2020.

악셀 하케, 장윤경 옮김, 『무례한 시대를 품위 있게 건너는 법』, 쌤앤파커
스, 2017.

안경환·김성곤, 『폭력과 정의-문학으로 읽는 법, 법으로 바라본 문학』, 비
채, 2019.

오세섭, 『공포영화, 한국 사회의 거울』, 커뮤니케이션북스, 2020.

오찬호, 『우리는 차별에 찬성합니다-괴물이 된 이십대의 자화상』, 개마고

원, 2013.

왕은철, 『환대예찬-타자 윤리의 서사』, 현대문학, 2020.

유민석, 『혐오의 시대, 철학의 응답』, 서해문집, 2019.

유서연, 『공포의 철학-타자가 지옥이 된 시대를 살다』, 동녘, 2017.

이정우, 『천하나의 고원-소수자 윤리학을 위하여』, 돌베개, 2008.

이해완, 『불온한 것들의 미학-포르노그래피에서 공포 영화까지, 예술 바깥에서의 도발적 사유』, 21세기북스, 2020.

전인권, 『남자의 탄생-한 아이의 유년기를 통해 보는 한국 남자의 정체성 형성 과정』, 푸른숲, 2003.

정윤수 외 5명, 『인간은 왜 폭력을 행사하는가?-일상에 스며 있는 차별과 편견의 폭력』, 철수와영희, 2018.

조정환, 『증언혐오-탈진실 시대에 공통진실 찾기』, 갈무리, 2020.

카롤린 엠케, 정지인 옮김, 『혐오사회-증오는 어떻게 전염되고 확산되는가』, 다산초당, 2017.

프랭크 푸레디, 박형신·박형진 옮김, 『우리는 왜 공포에 빠지는가?』, 이학사, 2011.

한국근대영미소설학회, 『공포와 일탈의 상상력-영국고딕소설』, 신아사, 2015.

한병철, 이재영 옮김, 『타자의 추방』, 문학과지성사, 2017.

저자 소개

김상모

경북대학교 국어국문학과 및 동대학원에서 현대소설을 전공하였다. 현재 경북대학교와 창원대학교에서 글쓰기 강의를 하고 있으며, 1920년대 신문소설과 최근의 장르소설에 관심을 가지고 있다.

류동일

경북대학교 국어국문학과 및 동대학원에서 현대소설을 전공하였다. 현재 경북대학교, 창원대학교, 경성대학교에서 글쓰기 및 사고와 표현 강의를 하고 있으며, 소수자 문학, 문학의 정치성에 관심을 가지고 있다.

이승현

경북대학교 국어국문과 및 동대학원에서 현대희곡을 공부하였다. 현재 경북대학교 교양교육센터에서 글쓰기를 가르치고 있으며, 연극·영화·텔레비전드라마 등에 관심을 가지고 있다.

이원동

경북대학교에서 현대소설을 공부하였고 현재 동대학 교양교육센터에서 글쓰기를 가르치고 있다. 주로 소설과 영화 등에서 타자들이 어떻게 존재하는지에 관심이 아주 많다.